朝起きて、君に会えたら

映瑠

角川文庫
23893

陽の光が眩しくて目をつぶったら、
隣から優しい声が聞こえてくる。
あなたが当たり前に未来を約束してくれるから、
私は嬉しくて泣きそうになった。

目次

「すず、寒いから」

玄関で冷えきったドアノブを摑《つか》めば、もう既に眠りについていたはずのお母さんが、眠そうに欠伸《あくび》をしながら手を伸ばしてきた。素直に少しだけ姿勢を低くすると、ふわっと柔らかな感触が首に巻きついた。

「お母さん、寝てていいのに」

「そっちこそ、お母さん見送りするって言ったでしょー？」

「だってもう1時だよ？」

「なのに今から出かける不良娘め」

「……だって」

「はいはい、軽いお散歩ね。なんにも言わないわよ今更」

「ありがとう」

マフラーをした上でもすっぽりフードを被《かぶ》れるほど着てるパーカーは大きい。傍《はた》から見たら不審者に間違えられそうなくらい、今の私の恰好《かっこう》はおかしい。これが私の放浪する時の装い。

「朝になるまでに帰ってくるね」

「何かあったらすぐに連絡してね」

「うん」

本当は嫌に決まってる。こんな時間から出掛ける娘のこと。でも随分前から朝がない私のことを受け入れてくれる両親でよかったと思っている。

完全に昼夜逆転している私の一日は、ここから始まる。


息は吐くたびに、白くなって空へ昇っていくし、風が吹くたび、僅《わず》かに覗《のぞ》く肌が痛いって叫んだ。スマホを弄《いじ》ることが多いから手袋じゃなくてアームウォーマー派で、飛び出る指先を守るためにポケットに手を突っ込む。

あんまり静かだから死んでるんじゃないかって思った。

でも私だけが生きてる世界なんてひどく需要がない。

労働もせず勉学にも励めず、ただ息をしてるだけでも生かしてくれるこの国ってほんと優しい。私って朝昼はひたすら寝てるだけだもんな、と自嘲《じちょう》気味に笑った。

散歩道は基本的に決まっている。まず私の家を含める住宅街を足早に散歩する。万が一、起きてる人がいて見られたとしても、七崎《しちさき》さんちの娘に夜中出歩く癖がある、と噂にならないため。

田中《たなか》さんの家、三隈《みくま》くんの家、お節介貴子《たかこ》婆《ばあ》の家、抜けたらやっとほっとする。ひたすら暗闇だけの静まった空間から、人の活動を僅かに知らせるほんの少し明るい世界へ変わる途中、ここが一番好きかもしれない。

繁華街に出てしまうと、まるで朝じゃないかと錯覚してしまうくらい安っぽい光が眩《まぶ》しく輝いて、こんな小娘でも危険な目に遭う可能性が高くなるから。

だから私の決まった散歩コースはだいたいこの辺で終わる。その後は川沿いをのんびり歩いたり、通わなくなってしまった高校を覗いて見たり、公園のブランコを一人で漕《こ》いでボーッとしたり。我ながら暗い趣味だと思う。

公園に設置してある自販機のラインナップは、今まで見たものの中で一番貧相でかつ意味の分からないセレクト。コーンスープorココア。大体この二択。

今日はコーンスープにしよう、と公園に足を踏み入れて自販機まで近づいた時、ギクッと体が不自然に強《こわ》ばった。

まさかの先客がいたのだ。

さきほど暗いと揶揄《やゆ》したばかりの行為、一人でブランコを漕いでいる、私じゃない人がいる。

こちらには気づいてないみたいだけど、男の人みたいだ。手に缶を持ってぼんやりしながらブランコに座っている。

自分のことを棚に上げるようだけど、こんな深夜に一人でブランコ漕いでるなんてろくな人間じゃない。それこそ不審者、不良、しかも力じゃ敵《かな》わない男。今日は諦《あきら》めて帰った方がいいかもしれない。

気づかれないように息を潜めて、踵《きびす》を返そうと足に力を込めたとき、ぐるっとその人の頭がこっちを向いた。あまりの驚きで悲鳴を上げてしまいそうになる。咄嗟《とっさ》に口を押さえてなんとか阻止したけど、そのまま硬直して動けなくなってしまった。

暗闇でなんにも見えない、真っ黒なその顔がこっちを見ていることがすごく怖かった。おばけとか幽霊とかとはまた違う、得体の知れない怖さで足が震えて泣きそうになった。

でも、ほんの少し風が吹いて、月を覆っていた雲が揺らいだそのとき、零《こぼ》れた光に真っ黒な顔が照らされて、本物の姿を映し出した。

月の光に髪の毛が透けて、金色にピカピカ光っていた。

色素の薄い瞳《ひとみ》が星みたいに明るくぼんやり浮かび上がる。

一筋の雫《しずく》が白い肌を伝って、反射する。

泣いてる、と理解したときには、怖さはなくなっていて今度はどうしたらいいのか分からなくなった。

だってその人は未《いま》だにこちらを見ている。そしてこの人はもしかしたら私の知っている人かもしれない、という予感が生まれる。

自然と心臓の鼓動が速くなっていくから、これ以上スピードがあがらないように、無意識に胸のあたりを押さえた。

「……こんな夜中に、女ひとりで出歩いてると危ねーぞ」

その綺麗《きれい》な顔に反して、声は思ったよりも低くて、涙を私に見られているにも拘《かか》わらず拭《ぬぐ》うこともしない。それどころか、しっしっ、と追い払うように手を振られた。

……何この人。そんなこと、あなたにだけは言われたくないんですけど。

私が危なくなるとしたら、間違いなくこの人が危害を加えてきたときだ。

相変わらずきらきら光る金髪から覗く耳には、シルバーのピアスが所々鈍く光っている。こんなに寒いのになぜか薄着だし、随分長いことここにいることを知らしめるように、足元にはいくつか空き缶が転がっていた。

ゴクリとまた一口飲み干して、バタバタと涙を零し始めた。男の人がこんな風に泣くのを初めて見るので驚いてしまう。

だる絡みされる前に帰ろ、そう思ってもなかなか踏み出せなくて黙って見ていたら、私の方を見ず無愛想な声が耳に届いた。

「それとも俺の話に付き合ってくれるんですか、おねーさん」

彼はゆっくりもう一度振り向く。その瞳はやっぱり透けるくらいに薄くて儚《はかな》くて今にも消えてしまいそうだった。

「…………」

何も言わずその人に背を向けた。それから自販機にいくつか小銭を投入する。わ、と浮かび上がった緑の光の中、最初から決まっているそこに指で圧力をかける。

ピッ、と音がして缶が転がり落ちた、それを拾い上げた。あったかい、というにはいささか熱すぎるのは、コーンスープのせいじゃなくて私の指が冷たすぎるせいかも。遅くもなく早くもない速度で近づいて、その人の隣にある空っぽなブランコに手をかけた。遠くの距離で見るよりも顔は赤くて、酔っ払っているのかと思ったらそうじゃなかった。寒さと、あと、泣いたせい。

でも変わらず綺麗な顔をしている。

刹那《せつな》、確信に変わった予感を、私はこの時点では彼に悟られないよう、隠してしまった。

もしこの時点で彼に告げていれば未来は変わったのだろうか。今生まれたのはたいした隠し事じゃない。遠からず、もっと大きな秘密を抱えて彼との距離を縮めていくことを、このときの私はまだ知らなかった。

「ここ、私の特等席なんですけど」

愛想の欠片《かけら》もない声を落とせば、しばらくその人は私を潤んだ目でじっと見上げた後に、同じくらい、いやそれよりも気怠《けだる》い声で「なんだ、クソガキじゃん」と呟《つぶや》いたのだった。

それが、始まりだった。
それでも、始めたのは私だった。

1. 真宵夜道

「今日命日なんだよな、好きだったやつの」

すぐに帰らなかったことを後悔した。

さすがに話題が重すぎる。

コーンスープを強く握りながら、冷や汗かなんなのか分からない汗を真冬にダラダラとかく羽目になった。そんな私を気にもせず、隣の彼ははなを啜《すす》るのとしゃっくりを交互に繰り返しながら、器用に飲み続けた。

「もう何年も前のことなんだけどな。あ、幼なじみで。部活帰りに交通事故で死んじまったんだよ。今じゃほとんど思い出すことないけど毎年この日だけは、」

「…………」

「この日だけは、……っ、しんどくて……う、っ」

「…………」

ここで号泣。隣に座るその人は、勢いよく缶の中身を飲んで、はあ、と深い息を吐く。

そこまで息を潜めていた私はやっと、コーンスープに口をつけた。最高に気まずすぎて嫌になるが、ブランコに座ってしまった以上、もう逃げられなくて苦しい。

「墓参りに行ったあとに、なんとも言えないぽっかりした状態で家に帰っても寝れねえから、こうやって朝まで時間潰《つぶ》すんだよ」

「………………」

「お前ここが特等席って言ってたけどなあ、俺にとっては毎年ここが特等席なんだよ。一年に一回くらい譲れ！」

「はあ、別に死守したいほど思い入れがあるわけじゃないんでどうでもいいですけど……」

コーンスープを飲みながら横目でチラッと窺《うかが》えば、変わらず薄い色の瞳から生み出される涙がポロポロと落ちていた。酷《ひど》く痛々しいけど顔だけはめちゃくちゃにいいので、ついつい見惚《みと》れてしまう。

何も言えない代わりに、パーカーのポケットの奥で眠っていたティッシュを、さっきから一枚ずつ渡している。「ありがとう」と掠《かす》れた声でお礼をいいながら、ずびずびとはなをかみ、その人ははあ、とまた息をついた。

「あいつも生きてれば、同じ十八歳か……」

「エッ」

「なんだクソガキ」

「老けすぎ……」

「あ？　しばくぞ」

「同い歳……」

「え？」

「…………」

「…………」

そこでやっと、その目が私の方を向いた。

不意な美の暴力で心臓が攻撃される。金髪はチカチカと眩《まぶ》しいし、ピアスはギラギラと眩しいし、顔はやっぱり綺麗で眩しいし、その瞳《ひとみ》に映るのが嫌すぎてフードでガードすれば、「中学生かと思った」と失礼なことを言われた。

「とてもタメには見えねえ」

「私も見えないです、もっとおじさんかと思ってました」

「おじ、……、……グサッときた」

「先に私を刺したのはそっちです」

「え、じゃあなに高校生なの？　何高？」

「……西高《にし》」

「……一緒なんだけど」

「学校サボりすぎて全然気づかなかった……」と、彼が呆然《ぼうぜん》としてるから、同意するように頷《うなず》く。私も全然行かないから仕方ない。

謎に気まずい沈黙が生まれてしまって、お互いそれを誤魔化すように手に持つ液体を喉《のど》に流し込んだ。なんたる偶然、これだから田舎って、と、いやになる。

「なんかだいぶ冷静になったわ」

「それは良かったです。ならもう帰っていいですか？」

「うん……まさかの同級生を巻き込んでゴメンネ」

「……ちょっと怖かったですけど危ない人じゃないって分かったので良かったです。元気だしてくださいね」

「うん……」

「……あなたはここにいるんですか？」

「うん。朝まで時間潰す」

しおらしくなった彼はちびちびと飲み出した。どうやら気持ちが落ち着いたのは本当みたいで、素の彼はもう少し柔らかい人柄なのかもしれない。

でもそんなのどうでもいいことだ。だってきっとこの一回きり、二度と会うこともない。学校が一緒だと言っても、私はこの先行くつもりはないから。

だから、なんとなく、もう少し優しい言葉をかけたいと思った。偽善でも同情でもなんでもいい、もうちょっとだけいい人に見られたいと、邪《よこしま》な気持ちが生まれた。

ブランコを降りて、彼の目の前に立つ。大きく見えたその人が、今は小さく見えるのが不思議だった。まだ涙で潤んだままの瞳を見下ろしながら、パーカーを下ろして首に巻いているマフラーに手をかけた。

「……私は人を好きになったことがないから分からないけれど」

隣で見てて、さっきから寒そうすぎるのだ。なぜそんな薄着なの？　聞いたところで今更だけど、今から私のすることも今更だけど、朝を迎えるまでに冷えきるだろう気温が、彼の心までも凍えさせないとは言えない。

白いマフラーをその首にぐるぐる巻きにしたら、彼は少し擽《くすぐ》ったそうに目を細めた。口元が完全に隠れて赤い鼻だけ覗《のぞ》いてるのがちょっと幼く見える。

「私が死んだとしたら、こうやって毎年思い出して泣いてくれる人がいると、すっごく嬉《うれ》しいよ」

その彼女が、私と一緒かどうかは分からないけれど。

目を真っ直ぐ見て伝えれば、目の前の綺麗《きれい》な瞳は一瞬瞬いてから、また泣きそうに揺れた。

うん、と小さく零《こぼ》れた声が、この夜でいちばんの切なさを抱いて、冷たい空気に消えてゆく。

悲しみを表す彼の頬を伝っていた涙は、いつの間にか止まっていた。

しばらく黙ったままで、不意に吹いた風が髪をすり抜けて首をなでるから、思わず震える。

首の温《ぬく》もりがなくなっただけでこんなにも寒い。だからすぐにパーカーのフードを被《かぶ》れば、「あ、」と目の前の彼が名残惜しそうに声を出した。首を傾げると気まずそうに目を逸《そ》らし、「……ぬくい」とマフラーに沈んでいく。

「それあげるから風邪ひかないでね」

「……クソガキ、いいやつだな。俺はまた泣きそうだよ」

「だからクソガキじゃないって」

「速やかにタメ語に切り替えたのも笑える」

「敬うに値しないかなって」

「……てめえ」

「ふふ、もう二度と会うことはないけど」

「…………」

「なんか、いい時間つぶしになった。どうもありがとう」

「……こちらこそありがとう」

「じゃあ、さようなら」

「……さよなら」

白くぼんやりと浮かび上がるその場所を、意味はないと知りつつも何度も振り返ってしまった。でも公園を出て唐突に、湧き上がる何かに急《せ》かされるまま走り出した。

いつの間にか雲はなくなっていた。彼が泣いてる間に消えてしまったみたいに、月も星も思う存分姿をさらけ出すから、今まで経験した夜の中で今夜がいちばん明るいかもしれない。

それとも、私の心がこれ以上にないくらいざわめいているから？

どこまで走っても追いかけてくる月を振り払うように、走って走って、途中でこんなに走っちゃダメだったことに気づいて少し緩やかに速度を落とした。家のドアを閉めて自分の部屋に戻った瞬間、脱力したように崩れ落ちる。

ほんとうは、私は、あの人を知っていた。

ギリギリまで自分を疑っていて、核心に近づくたび怖くなって知らないふりをしていたけど、淡く残る記憶の欠片《かけら》が、間違いないと叫んでいた。

環《たまき》くん、だ。

入学式の日、同じ教室でも一際目をひいていた、環くん。眩しくて恰好《かっこう》よくて、立っているだけで人を惹《ひ》きつける、私とは相容《あいい》れない世界線にいる人。話したことも目が合ったこともないクラスメート。

そしてこの先も、関わることは一生ない、そう思っていたのに。

「……まさかあんなところで、昼の人と会うとは。しかも環くん」

よろよろとなんとか立ち上がり、自分のベッドへダイブする。仰向《あおむ》けに寝転がれば、当然のように夜空は見えず、薄暗い天井が広がるばかり。

いつもよりもだいぶ短い散歩時間だった。

でもいつもよりずっと、心が満たされている。

私に気づいていなくてよかった。だからこそあんな大胆なことができた。

「……なんか眠れないかもしれない」

あのどこまでも孤独な公園で、ひとり恋しい人を想いながら朝を待つ彼のことを思い浮かべれば、なぜか罪悪感を感じてしまって。

その日は朝が来ても、なかなか寝付くことができなかった。

★☾✩

高校の入学式で、初めてあの人を見た。

私だけじゃない、環くんを見た人達は思わず二度見するくらい、彼は美しい容姿をしていた。気だるげに立っているだけで、ぼんやり前を見ているだけで、なんなら欠伸《あくび》をしてる姿さえ様になっていて、同じ人間なのかなって疑うくらいだった。

あの頃は黒髪だったから、金髪の彼に気づくまでに少し時間がかかってしまったけど、変わらない端整な顔立ちはまさしく環くんだった。

高校なんていつ行けなくなるかも分からない。

でも、そこで諦《あきら》めたらあっという間に終わりまで一瞬な気がして。

私なりに努力して入った高校だった。

新しい校舎、新しい制服、新しい同級生。

その中でもひときわ光り輝く、眩《まぶ》しい存在。

同じ空気を吸っているだけで勝手に、これまでの自分と違うんだって新鮮な気持ちを抱いた。

もしかしたら私も、普通の女の子としてこの場所で過ごせるんじゃないかって、淡い期待すら生まれるくらいに。

環くんは、僅《わず》かに残る、私の高校生活の記憶の欠片だった。

★☾⁚✩

「今日からまた散歩始めるんでしょ？」

「……うん」

「なのにマフラー失くして〜、どうすんの、今日も寒いよ？」

「……そこは、気合いで、うん」

「無茶しちゃダメよ〜？　また具合悪くなるなんてことあったらいよいよ深夜徘徊《はいかい》、阻止するからね」

「……ハイ」

お母さんの昼ごはんは、私の朝ごはんだ。

今日は休日だからたまたまお母さんが家にいたけど、いつもは仕事でいないからお母さんが作ってくれた朝ごはんを食べる。そしてお母さんにとっては夜ごはん、私にとっては昼ごはんを一緒に食べてお母さんが眠る頃、夜の散歩に出かけるのが、だいたいの私の一日のルーティン。

寝癖のついた頭で、箸《はし》で卵焼きをつつきながらぼーっとテレビを眺める。お昼のニュース番組を見ながら、朝のニュース番組なんていつから見てないんだろうと考えた。

あの日、環くんに偶然遭遇してしまってから、夜中の散歩はお休みしていた。恥ずかしながら、全力ダッシュが尾を引いて、その日から数日寝込んでしまったのだ。体が軟弱すぎて笑える。

ほぼ寝たきり状態だったので、現実に生きてるよりも夢の中に浸ってる時間の方が長かった。その中でも繰り返し見たのは、入学式の夢。

……あの日は夢だったのかもしれない。

とか思うくらいに現実味はないけど、マフラーが私の手元にないことだけが、唯一の名残だった。

「昼の薬飲んだ？」

「うん」

「お母さん買い物行ってくるからね。布団取り込んどいてね」

「分かった」

ベランダに出れば眩しいくらいの太陽と、目を見張る鮮やかな青に見下ろされる。冬の夜とは違って、昼間はほんの少しだけ温もりを感じる。

干されていた布団を思いっきり抱きしめてみれば、ふんわりと太陽の香りが鼻を包んだから、その心地よさに思わず目をつぶる。

こんなことでしか太陽の存在を確かめられないなんて皮肉なものだ。

人間は陽の下でないと生きていけない生きものなのに。

でもなんでかな、やっぱり私は夜の方が息がしやすい。

なんなら今すぐにでも太陽が落ちてしまえと思っている。

眩しいくらい太陽に反射する布団に頬杖《ほおづえ》をついて街を見下ろせば、人間が活動的に生きている様を観察することができる。働いてるひと、勉強してるひと。

今日はいい天気だからみんな眩しそうに太陽に手のひらをかざして、漏れる光を楽しんでいる。

私は、太陽を手のひらで隠して押し潰《つぶ》したい。

そして眩《まばゆ》いこの世界を、一瞬で夜という深い暗闇に落としてしまいたい。

ひとりだけ道から外れて歩いていることを如実に悟ってしまうから、この時間は嫌いだ。だって、普通のひとはこんなことを考えもしないだろう。

光を遮断するようにベランダの窓を閉めた。取り込んだばかりの布団をベッドに運び、それにくるまる。

即席の暗闇が完成した。やっと楽に息ができるようになった。

はやく夜が来ますように。

明るい時間に願うことは、たったひとつだけだ。

「さむ……」

変わらず極寒だけど。

今日も例外なく訪れた夜の気配に、ドアを開けば肌を刺すような寒さが私を覆った。頭が無理やり冴《さ》えていく感覚がする。昼間に嗅《か》いだ太陽の匂いなんて、跡形もないくらいに消え失《う》せていた。

微《かす》かに息を吐いただけでも目敏《めざと》く白く晒《さら》され、星ひとつない夜の空へ昇っていく。ぼー、と上を見ながら歩いたら転びそうになった。

首に温《ぬく》もりがないだけでこんなに寒くなるんだ。今日以上に自分の長い髪に感謝したことはない。

相変わらずフードを深く被《かぶ》って、真っ直ぐ前を見ることは皆無に近い。ひたすら、地面が八割の視界を維持して歩いていた。途中、明らかに柄の悪いお兄さん達軍団に鉢合わせしそうになったので慌てて方向転換。

……危ない、一瞬、環くんがいるかと思った。

もう会うことなんてないはずなのに、今日まで彼の夢を見てたせいか、ずっと頭にくっついて離れない。あれから何日経ってると言うんだろう、三日、四日？　でも。

「…………」

なんでか知らないけど、公園に着いてしまった。

何を期待してるのか、自分では避けていたはずなのに勝手にこの場所を目指していたことを悟って、恥ずかしくなってしまった。ぐっと、唇を引き締めながら、今日は自販機を素通りしてブランコに向かう。

相変わらずぽつんと浮かび上がる二つ分のそれに、そっと触れれば鉄独特の冷たさが指を伝った。軽く握れば鈍い音を鳴らす。

ゆっくりと座り込んで、足に力を入れた。簡単に揺れ始めた力に流されて、目をつぶる。

キイ、キイ、と情けない音が響く。スニーカーが微かに砂を削る音。静かな冬の夜の話。

ひとりの世界にいつもどおり閉じこもろうとした。

「よお」

揺らいでいた感覚が、突然何かに止められる。

降ってきた声が幻だと思ったから、不思議と心は落ち着いていて、びっくりするくらい緩慢に瞼《まぶた》を上げた。そのまま何かに惹《ひ》かれるように顔を動かす、恐ろしいくらいに冷静な自分がおかしかった。

お月様が落ちてきたのだと思った。

きらきら眩《まぶ》しく煌《きら》めき、私の視界を攫《さら》う、金色の髪。

そこから覗《のぞ》く瞳《ひとみ》はまるで水面《みなも》が揺らぐように、緑がかった色彩が光の加減で反射していた。

「だから、ひとりだと危ねえって言ったじゃん」

異なる場所を握りあった鎖だけが、ピンと張って私達を繋《つな》いでいる気がした。

私を見下ろす顔は人形のように精巧で、鼻が僅《わず》かに赤いのが人間だということを辛うじて教えてくれてるみたいだった。

そこでやっと今の状況を理解する。

そして完全に力が抜けてしまって、ずるっと体勢を崩してしまった。

「……っ、あぶね」

「……、ぁ」

「ちゃんと掴《つか》まってろよ」

私の腕を掴んで支えてくれたその人は、私をまたブランコに座り直させて、なぜか少しだけ揺らしてから自分は当然のように隣に座った。

ブランコに揺られながら呆然《ぼうぜん》としていた。

あれ、また、出会っている。

「…………」

なんだろう、この状況。

彼が揺らしてくれたブランコが止まらないように、地味に体を前後に動かしてしまう。

ちらり、と横目に見れば、さむ、と小さく呟《つぶや》きながら美しい横顔があの日と同じように隣にあった。

「……毎日いるわけじゃねえんだ？」

「え？」

「ここ。数日張ってたのに来なかったから」

「え、……な、なんでですか？」

「なんでって、」

そこで言葉を切ったその人は、何かに気づいたように傍に置いていた紙袋に手を突っ込んだ。ゆらゆら揺らしていたブランコを止めて様子を窺《うかが》うと、不意に伸びてきた手がフードを雑に下ろしてくる。

「わっ」

声を出したその時にはふんわりと首に懐かしい感触が巻きついていた。違うのは香る洗剤の匂い。

「マフラー、返す」

苦しいぐらいにぐるぐる巻きにされて、それから仕上げとばかりにフードを被された。状況を理解出来ず戸惑うばかりの私に、「名前は？」と低い声が尋ねた。

「え」

「あんたの名前」

「……す、すず」

「すず？」

「あ、……すず」

「ふうん。俺は環」

「しっ、」

ている、という言葉はぎりぎりのところで呑《の》み込んだ。そしてやっぱりこの人は環くんなんだって、疑惑が確信に変わって心臓がドキドキしてくる。

「すず」

薄い唇が私の名前を象《かたど》った時、言いようもない衝撃が体全部に走った。だから咄嗟《とっさ》に返事をすることも出来なくて声を失った状態の私に、目の前の金色の髪がふんわり揺れて、ぺこりと頭《こうべ》を垂れる。

「この前はドウモアリガトウ」

「え……」

「あんなだる絡みに付き合わせてすみませんでした」

「はあ、……だる絡みというか、話題があまりにデリケートだったので、逆に失礼なこと言ってないか心配だったんですけど……」

「全然問題ないです、はい」

「……今日はメンタル大丈夫そうですか？」

「ばっちり通常モードです」

スローモーションがかかったように、現れた神秘的な瞳に捕まる。上手《うま》く言えないけれど、胸に詰まる感覚に襲われた。

……あまりに綺麗《きれい》すぎて、この目に見られてると思うと、なんか落ち着かない。

ぐっと唇を嚙《か》み締め、言葉を発しないまま頷《うなず》いた。それから何も言えなくなってしまった私と、黙ったままの彼の間で沈黙が生まれてしまう。

まるで空気が死んでいくようだ。何か喋《しゃべ》らないと、と思えば思うほど息が上手く吸えないくらい苦しくなってくる。

私は元々、コミュニケーション能力が低レベルなのだ。しかも、同じ教室にいたといっても、ヒエラルキーに圧倒的差があったクラスメートを前にしたら、陰の部分が隠しきれずに溢《あふ》れてしまう。

穴があったら入りたいし、逃げられることならこの場から走り去りたい、と、私が行動するよりも先に、環くんの方が動いた。

ブランコから立ち上がり、背中を向けて歩き出してしまう。慌てて顔を上げて口を開いたけど、引き止める理由も言葉も、私の手の内には最初からなかった。

遠のいていく姿にちょっと泣きそうになって、巻いてもらったマフラーに顔を埋める。

少しだけ嬉《うれ》しかったから、上手くできない自分にショックを受けてしまった。こんなの、いつものことなのに。

しばらく時間を潰《つぶ》したら私も帰ろう、そうやって頼りない自分のスニーカーを見下ろしていたら、ふと影が落ちる。

「コーンスープとココアどっちがいい？」

今度は見下ろされるんじゃなく、目線を同じにするようにしゃがみ込んでくれた。目前に差し出された二択と、その間にある彼の顔を戸惑いながら見つめれば、少し首を傾げられた。

「あのラインナップじゃ、この二択以外なくね？」

凍えそうなくらい固まった心が、僅かに溶けた気がした。

ほんの少しの共通点をくれただけで、こんなにほどけてしまうのはおかしいかな。

「せっかくだからこれ飲み終わるまで話そーぜ」

優しい声音だった。

あの夜の、悲しみを詰め込んだ掠《かす》れた声とは違う、優しくてあたたかな声だった。違う意味でなんだか涙腺《るいせん》が緩くなってしまって、変わらずマフラーに顔を半分埋めたまま頷いた私は、コーンスープに手を伸ばした。

「へー、じゃあそっちのクラスの担任、イッチーなんだ」

「うん」

「テンション馬鹿高くて暑苦しいよな」

「うん……、でもいい人だから、嫌いじゃない」

「分かる。なんかちゃんと考えてくれてる感じあるよな」

「俺の担任は無関心浜崎《はまざき》だから」と、遠い目をして笑う環くんに、うんうんと相槌《あいづち》を打つのが精一杯だ。時間が経ったからと言って慣れるわけじゃなくて、環くんの話す言葉を聞き逃さないようにするのに必死だった。

けれど、存外に低く響く彼の声は心地よく、するりと鼓膜を震わせる。沈黙が訪れると、もっと聴きたかった、と心が勝手に後悔するから、考え無しに口を開いてしまう。

「環くん、」

「環」

「あ、……」

「くんいらない。気持ち悪い」

「えっと……環」

「うん。なに？」

「……なに言うか忘れちゃった」

「ふ、なにそれ何回目だよ」

空気が軽い笑い声で震えるから擽《くすぐ》ったい。身をすくめながらふと見上げると、環に出会った日の夜のように空が晴れ渡っていて、星の煌《きら》めきを隠さずに見せてくれている。

「……なんか、変なの」

「何が？」

「私、家族以外の人とお喋りするの、いつぶりだろう」

「え？　まじ？」

「うん。だって不登校だし」

「…………」

「こうやって外出ても、いつも一人で散歩するだけだし」

「……そう言われるとかなり反応に困るんだけど」

「ていうかずっと思ってたんだけど」と、急に環がぐいっとブランコごと体を寄せてくるので、驚きで息を呑む。

「最初会った時も言ったけど、女一人でこんな時間に徘徊《はいかい》なんて危ねえからな？　しかも公園なんて、連れ込まれて口塞《ふさ》がれたら助けだって呼べないし」

「……私みたいなの、手出す気になる？」

「はあ？」

「だって不審者ルックじゃない？　しかも雪だるまみたいな恰好《かっこう》してるし」

「雪だるま……」

「ほら、重ね着いっぱいしてるし、ダウンジャケット着てるし、マフラーぐるぐる巻きの上にパーカー着てるんだよ。それでアームウォーマーで完全装備。あったかい」

「…………」

「なんなら環く、……環の二倍あると思う」

謎のアピールで手を広げて振っても、環の訝《いぶか》しげな目つきは変わらない。

なにも今回のような忠告は環だけに受けたわけじゃない。お母さんにも散々言われて、抵抗に抵抗を重ねた結果のこの恰好だ。体の輪郭を全て排除したずんぐりむっくりの体形。女の子らしさは皆無だし、常にフードを深く被《かぶ》ってるから顔も見えない。

訴えかけるように環を見つめていたら、不意に手が伸びてきてフードを落とされた。

「わ、」と声が漏れ、慌てて被り直そうとすると制止するように取られる手。

「ほら、こうやって暴かれたらすぐ分かるだろ」

マフラーから僅《わず》かに零《こぼ》れ落ちた髪が風に攫《さら》われて、視界の中で揺れるから。

「すずは女じゃん」

光が満ちるその瞳《ひとみ》と相まって、そうなのかも、と素直に心が受け止めた。

しばらく言葉なく視線を交わし合い、先に沈黙を破ったのは環の方だった。ぱっ、と手を離して目を逸《そ》らしながら、「悪い」と謝ってくる。

すぐに「ううん」と否定しながら、ゆっくりと触れていた手を胸あたりで握りしめる。なぜかジンジンと熱が籠《こも》っている理由は分からない。

「……時間」

「え？」

「大丈夫なのかよ」

「あ……」

「この前もこれくらいに帰ってただろ」

「そう、だね、もうすぐ帰らなきゃいけない、かも……」

自分の中で何となく決めている帰宅時間はAM3：00だ。気づいたら腕時計の針がその時刻を指し示してることに驚く。いつの間にこんなに経ってたの？

さようならを言わなくちゃいけない。

そんなの、当たり前だ。

でも贅沢《ぜいたく》なことに、次、を求めてしまっている自分がいる。これで本当に終わりなの？　って、答えを返してくれない場所へ問いかけてしまっている。

頭の中の願いと、心の中の望みがかち合ってるのだから、あとは声にすればいいだけなのに、うまく口にできない。なんならすっきり別れの挨拶《あいさつ》をするタイミングを失ってしまった。せっかく気を利かせてくれたのに。

「……明日《あした》もここ来んの？」

問われたことを一旦《いったん》呑み込んで考える。ブランコに気だるげに座り、自分の膝《ひざ》に頬《ほお》杖《づえ》をつく環は決してこっちを見ようとしなかった。微《かす》かに耳が赤い気がするのは寒さのせいなのか。

「……来いよ」

もう一度、と乞《こ》う気持ちが聞こえてしまったのか。

「明日も来て。ここで待ってるから」

なんで、と無意識に口に出していた。ほんとこういう時だけ簡単に声にする、思い通りにいかない声帯に怒りたくなる。

「……言わない」

さすがにそこまで甘くはなかったけど。

「……うん、明日も同じ時間にここに来るね」

ちゃんと今度は自分の気持ちを伝えられた。

どうしてかそれが嬉《うれ》しさなのか分からないけれど、あまりに低い温度で固まっていた頬の筋肉が簡単に緩んだ。心臓が、苦しいくらいに高鳴るから少し心配になる。

大丈夫かな、
私のポンコツな心臓が、急な拍動にもつかな。

帰り道、また全速力で駆けそうになったけど、さすがにそれをすると死ぬと思ったので何とか思いとどまった。多分今日も眠れない朝を迎えるのだと、根拠のない予感は結局、現実のものとなった。

2．月夜逢瀬

「……うーん」

鏡の前で一時間は悩んでいる。ちょうど目を開いたら黒目の半分を覆い隠す程度に伸びた前髪。それを切るか否か。

ちょいちょいと指で整えて、また首を捻《ひね》った。どうにもやっぱり、暗い印象を払《ふっ》拭《しょく》するには目は全部出てた方がいい。

カット用のハサミを摑《つか》んで「お母さんー」と呼びに行く。「なにー」とちょうど洗濯物を畳んでいた母は、若かりし頃美容師だった経歴を持つ。

「前髪切って欲しい」

「あれ、切らせてくれるの？　しつこいくらいに言ってもこのままでいいって拒否してたのに」

「やっぱり邪魔になっちゃって」

「よーし、じゃあ可愛くするぞ～」

座って、と洗面台へ促され、大人しくその言葉に従った。手馴《てな》れたようにハサミを手にしたお母さんは、前髪の毛先をまず揃えながら口を開く。

「さて、何かお母さんに隠してることがあるでしょ？　吐きなさい」

「な、ないよ」

「嘘つき。この前も全速力で帰ってきてぶっ倒れたじゃない。いよいよ怖い人達に絡まれたのかと思ったけど違うみたいだし」

「…………」

母には隠し事など昔からできない。そんなの分かってるからボロが出ないように、極力話題にされないように努めてたのに、前髪を人質に取られた状態じゃ逃げられやしない。

小気味よく音を鳴らすハサミをぼんやり眺めながら、口を開いた。

「友達ができたの」

「え、そうなの？」

「うん。しかもね同じ高校だったの」

「へーすごい、そんなことってあるんだねえ」

「あそこの、パンダ公園あるでしょ、そこのブランコでよく喋《しゃべ》ってるの」

「そうなんだ。でもその子も女の子なのに出歩いてるの？　ちょっと危ないんじゃない？」

「男の子なの」

「え？」

「男の子」

ジョキッと一際大きな刃の音が響いた。明らかに短くなりすぎな前髪が目に入って、そのままお母さんを見上げると、驚いたように固まってしまっている。

「お母さん、前髪、なんか、眉毛《まゆげ》より上にあるんだけど」

「お、おとこのこって、男の子ってどういうこと!?」

「前髪が、オン眉に、」

「すず、詳しく話しなさい！」

「…………」

結局、お母さんがミスってしまった前髪をようやく整えてもらえたのは、環く、……環について洗いざらいお話ししたあとだった。想像よりもずっと短くなって、眉毛が隠せなくなった状態に少し眉を垂れると、お母さんが泣きそうになりながら謝ってきた。まあ、別に、オン眉だと視界良好だからいいけど。また伸びるだろうし。

でもさすがに、全てをさらけ出した状態を見せるのは少し恥ずかしかったので。

「お願いがあるの」

「なんだよ急に」

「今日は私のフードに触らないで欲しいし、取らないでね」

「え？」

「見ようとしたら絶交だよ」

「…………」

意味が分からないとばかりに眉を顰《ひそ》める環にかまわず、自分のパーカーの紐《ひも》を引っ張って極限までガードに徹した。もはや顔の中心部分しか見えてない私に、環が黙って手を伸ばしてくる。

「と、らないでって言ってるのに！」

「俺はうんって言ってねえし」

「わあ、」

「てかさ、そんなん言われたらフリかと思うじゃん。なんにも言わなかったらわざわざ取ったりしないからな」

「確かに……」

「で、なに、前髪切りすぎたとか？　それとも眉毛なくなったとか？」

「前者」

「見して」

「…………」

結局、と恨めしい目つきを向けると、飄々《ひょうひょう》とした顔で勝手にパーカーの紐を緩めてくるからどうしようもない。でも、まあ、どうせいつかバレる時が来るのだろうし、と、渋々フードを軽く上げてチラッと見せる。

「うちのお母さん元美容師なの」

「…………」

「切りすぎちゃったんだって」

「その前情報、なんのフォローにもなってないぞ」

「意外と似合ってるって言ってくれたんだけど、罪悪感によるお世辞としか思えなくて」

「…………」

「どう？」

何も言わずに見下ろしてくる環に問いかければ、「ちょっとじゃ分からん、よく見せて」と更なる要求をしてくるので、もう面倒臭いからフードを下ろした。

「…………」

「どう？　やっぱり変？　似合ってない？」

「……似合わなくないけど、あんま見せない方がいい」

「やっぱり変ってことじゃん」

「違う」

あまりの否定の速さに目をしばたたかせると、気まずそうに眉根を寄せた環は、雑にフードをまた被《かぶ》せてくる。

「これだと顔がよく見えてしまう」

妙な言い回しで謎なことを言ってくる。決して目を合わせようとせず、しっかり紐をしめられて、私は結局最初と同じ装いに戻ってしまった。

顔は、よく見えた方がいいのでは？

「……私もう環に見せたし、隠す必要性ないんだけど」

「……じゃあ俺の前だけね」

「よく分からないけど、分かった」

「…………」

「よく分からないけど、環が意外にオン眉に好意的なのは分かった」

「……そういうことにしといて」

似合ってるよ、と小さくボソリと呟《つぶや》かれるから、思わず笑ってしまった。この人は案外、回りくどくて素直じゃない。

「お母さん元美容師なんだな」「そうなの表参道《おもてさんどう》で働いてたんだよ」と会話をしなが

らブランコに座る。

今日は私がココアで環がコーンスープだった。いつも通りの二択をいつも通り気分で選択しているけど、残ったほうを環が飲むというのが習慣になりつつあった。

「お父さんはお客さんでね、それで出会ったの」

「へー」

「今もわりと仲良し」

「いいな、俺ん家《ち》はあんまり仲良しじゃない。もうすぐ離婚する」

「え、そうなの？」

「うん」

相変わらず脈絡のない人である。衝撃発言を受けて私がどうすればいいのか分からないのに、当の本人はコーンスープを啜《すす》りながら、「うま」と神妙に呟いていた。

「親権やら、どっちについてくやらで揉《も》めてて、ゴタゴタしてたから学校休んでたんだよ」

「そ、……うなんですか」

「まあでももう決着着きそうだから、そろそろ行かなきゃな」

「………」

「いや、無理になにか言おうとしなくていいから。今死にそうな顔してんぞ」

「……、ごめんなさい、恥ずかしながら家族仲だけは誇れるくらい良好なので……」

「かといって素直になるのも逆効果の時がある」

「……ごめんなさい」

「素直だなあ、まじで」

　くっ、と喉《のど》の奥で笑った環は、なんなく空き缶を片手で潰《つぶ》した。乾いた音が冷たい空気によく通って、思わず身震いしてしまう。

　怒ってるのか、苛《いら》立《だ》ってるのか、それともどうにも思ってないのか、くるりとこちらを向いて視線がかち合った瞳《ひとみ》からじゃ何も読み取れなかった。

「え、なんでそんな怯《おび》えてんの」

「怒ってるのか、苛立ってるのか、それともどうにも思ってないのか……」

「どうにも思ってないけど？」

「…………」

「あー、悪い、よく言われるんだよな。お前時々怖いよって。でも別に、特に気に障ること言われたとかないから気にすんなよ」

「……気には、する」

「は？」

「私は、できれば環には、よく思われたいから」

小さく、それでも意思を吐露すれば、目の前の環の目がびっくりしたように見開かれた。投げやりな彼の態度が、なんだかどうしようもなく気に障ってしまったのは私の方だった。

「みんな、多分、環によく思われたいから、だから環の態度が気になって、不安になって、怖いよって言っちゃうんだと思う。私みたいに」

本来ならば交わることのなかった人だったから、今でも信じられない。一瞬しかいなかった学校でも、みんながみんな環に注目していた。理由は話してみれば分かる。うまく言えないけれど、どうしようもなく目で追ってしまう。強い引力で惹《ひ》き付けられて目が離せない。気づいたら主導権を環に握られていて、彼の気まぐれのまま振り回されている感覚に陥る。

私の言葉を黙って聞いていた環は、澄んだ眼差《まなざ》しを猫のように細めた。こちらの心を見透かすように、そしてずるくあざとく、意地悪く、微笑む。

「すず、俺に好かれたいの？」

カッと燃え上がるように顔が熱くなって、咄嗟《とっさ》に口を閉じた。今、言葉を発したとしたら、たとえどんなに場違いなものでも、この人に巧みに拾い上げられて、いいように操られてしまう気がしたから、何も言いたくなくて。

「それは、願ったり叶《かな》ったりで」

ポツン、ポツン、と零《こぼ》れ落ちる言葉が、いちいち心臓を叩《たた》いた。

「好きになってよ、俺のこと」

今日も今日とて、心拍数が上がりっぱなしで心配になる。

好きになったとしたら、すくい上げてくれるのだろうか。気まぐれに惑わされて、飽きたらその辺に捨てられでもしないだろうか。

でも遊ばれてもいいやって思っちゃうくらい、今日もかっこいいんだよなあ、この人。

「……なんかすごい不名誉な風に思われてる気がする」

「え？」

「俺が思うに、すずって遠回しにいったところで気づかないだろ」

「えっと、何が」

「多分鈍いし」

「……、うん？」

「正攻法と長期戦覚悟で」

「……つまり？」

「デートしない？　俺と」

「デッ、⁉」

予想外の言葉に過剰反応を起こしながら、口を空振りさせてもう一度その単語を繰り返せば、環が至極真面目な顔で頷《うなず》く。

「いつもブランコばっかじゃ味気ねえじゃん。他にはどこ散歩してんの」

「か、川とか」

「却下。街に繰り出そうぜ」

「でもさすがに危ないかなって」

「俺がいるから大丈夫だろ」

「………………」

「補導されない程度の夜遊び、教えてやるよお嬢さん」

どうする？　と最終確認を求められたけど、私に一体拒否権なんてあるの？　だって目の前に餌がぶら下げられてる状態だ。繊細な色を放つ瞳が、楽しげにキラキラと光っているのを目の前にして、手を伸ばさないでいられるわけがない。

「よ、よろこんで」

気づいたら勝手に口が動いていた。

★☾✩

「――はい、今日も異常なし！　大丈夫！」

「ありがとう、明日美《あすみ》ちゃん」

「すずママから、すずが走って具合悪くなったって聞いてたから心配してたんだよ～。すぐに診てあげられなくてごめんね」

「ううん、明日美ちゃん忙しいし、他の先生が来てくれたから」

パジャマのボタンを閉めながら明日美ちゃんに笑いかければ、諸々《もろもろ》の道具をしまいながら、明日美ちゃんがぐっと近づいてくる。

「ささてさて、」

「え？」

「じゃあすずに質問ね」

「えっと」

「最近何かあった？」

疑問のはずが最早《もはや》断定気味の問いかけに固まる。「激しい運動はしないって約束を頑《かたく》なに守ってきたすずが、走るなんて何かあったとしか思えない。逃げたとかじゃないみたいだし」と分析し始めるから、顔が熱くなってしまう。

「……明日美ちゃん、私のここ、本当に異常なかった？」

「うん、ちゃんと動いてるよ」

「……最近、よく分からないの。心拍数上がることが多くて、そのせいで悪くなってるんじゃないかって心配で」

「というと？」

「今度デートするの」

「デッ⁉」

「今度と言っても今夜なんだけど。ああ、明日美ちゃん、何を着てけばいいんだろう」

環にデートという単語を投げられた時の私と同じ反応をする明日美ちゃんに、開き直って縋《すが》ってしまう。しばらく声を出せずにパクパク口を動かしていた明日美ちゃんは、興奮気味で口を押さえながらなぜか小声で「誰とデートするの？」と聞いてくる。

「えっと、ちょっと待ってね、入学式の写真持ってくる！」

「入学式⁉　なぜ⁉」

「写真がそれしかなくて……、あ、この人」

「めっちゃイケメンじゃん‼」

「最近、夜一緒にお喋《しゃべ》りするようになって仲良くなったの」

「なにそれ〜！　めっちゃいいじゃん〜！　ドキドキする〜‼」

キャー！　と私よりテンションが上がった明日美ちゃんは、「とりあえず全然知らんやつとかじゃなくて身元分かってる人でよかったわ。なんかあったら色々できるし」と急に冷静になって話すから、その緩急に追いつけない。

「お母さんには言ってるの？」

「ちょっとだけ言ってあるよ」

「ふふ、すずはその人が好きなの？」

「え⁉……分かんない」

「え〜」

「でもかっこよすぎるから危ないかもしれない」

「デートはその人から誘ってくれたの？」

「うん」

「じゃあ十中八九、すずのこと狙ってるよ」

「……そんなようなこと、言ってた気もする」

「何それ〜！　楽しすぎるんだけど〜‼　なんでもっと早く言ってくれないの〜⁉」

「ごめんね」

足をバタバタさせながら悶《もだ》える明日美ちゃんに笑いながら、手元にある写真に目を落とす。今より幼くて、黒髪の環が真顔で写真に写っていた。そこから距離をあけて端の方にぽつんと、申し訳程度に写っている私。写真でいうとちょうど、人差し指くらいの距離感。

「でもね、環とどうにかなるってことは、たぶんないよ。ううん、絶対にない」

いやにはっきりとした自分の声は、やたらと無機質に聞こえる。おとずれた沈黙を邪魔しないよう、つとめて冷静に「どうして？」と聞いてくる明日美ちゃんは、私がなにを言うか分かってるはずだ。

それなのに気をつかって、可能性はゼロじゃないことを示唆してくれる。優しい先生だ。

「私が病気だからだよ」

でも真実はどんな誤魔化しよりも間違いない効力を発するし、私に突きつけられた現実はどうしたって見て見ぬふりはできない。十七年間、一度たりとも逃がしてはくれなかったのだから。

「環、好きな人が死んじゃったことあるんだって。初めて会った時、それで泣いてた」

「…………」

「元々ありえないのに、さらにありえなくなっちゃった。本当は友達になるのさえ遠慮しなくちゃいけないのに、……知られる前にフェードアウトしなきゃとは思ってる」

すすす、と意味もなく写真の中の環の小さな頭を撫《な》でる。今でもあの日のことを蒸し返そうとすると少し機嫌が悪くなるから、微妙に気恥ずかしいらしい。泣き顔、綺《き》麗《れい》だったんだけどなあ、とこちらは性格悪いことを思っている。

「すずとその彼女は関係ないし、どうしてすずがひく必要があるの？」

私の指の動きをじっと見つめながら明日美ちゃんが呟《つぶや》く。芯《しん》の通った声に導かれるように顔を上げれば、真っ直ぐな眼差《まなざ》しに射貫《いぬ》かれた。

「私が絶対死なせないもん」

凛《りん》としたその声で紡がれる言葉ほど、本物はないいんじゃないかと錯覚する。

頼もしい味方を持ったものだ。

私が自身の事情に押しつぶされることなく、わりと無遠慮に生きていけるのは、両親と明日美ちゃんのおかげだ。

「……だよね」

だから嬉《うれ》しくて笑っているのに、明日美ちゃんは少しだけ睫毛《まつげ》を震わせた。その繊細な仕草から伝わる感情には気付かないふりをする。鈍感でいる方が相手の記憶には良いものとして残り、思い出を白けさせることはないいんじゃないかと、最近はそう考える。

「着てく服一緒に選んで欲しい」

環をなぞっていた指を伸ばして明日美ちゃんの服を甘えるように引っ張れば、何かを振り切るように私を見つめた明日美ちゃんが「任せて」と明るい声をくれた。

★☾✩

「なんかいつもと違う、なんで」

マフラーに顔を埋めながら、鼻の頭を赤くした環がじっと見つめてくる。

連日の寒さが相変わらず、吐いた息を一瞬で白に変えていく。依然、落とされ続ける眼差しに気まずくて顔を逸《そ》らせば、明日美ちゃんが丁寧に結ってくれた三つ編みに頬が触れた。

「……だって今日はいつもと違う日でしょ」

「………………」

「だから少し、脱雪だるましようかと」

「つまりお洒落《しゃれ》してきてくれたってこと？」

「そうやってなんでもかんでも明らかにすることが正義じゃないよ」

「ふうん」

「そっちがそういうつもりなら、こっちも聞くけど、どうですか」

「え、」

「デートだから、お洒落してきましたけど、どうですか」

寒すぎる、なのにずっと鼻から上が熱いのはなんでだ。

下から睨《にら》み上げるように環に問えば、夜の闇の中でもふんわりと浮かび上がる金色の髪の隙間から、光る瞳《ひとみ》が私を受け入れた。

「……明らかにするのが正義じゃないって言ってたじゃん」

「……いくじなし」

「うっせえな、緊張してんだよこれでも」

「……え、うそ」

「嘘なんかついてられるか。すずがいつもの雪だるまルックで来てくれたら、こんなにならなかったんだわ」

「え、ごめん」

「いい、もういいから、ちょっと待って」

謎のタイムを受け押し黙れば、環の指が音もなく伸びてくる。少し乱れてしまった短い前髪を整えられて、死ぬほど小さい声で「かわいい」と言われた。

か、わ、い、い、
私が口をパクパクして繰り返す前に、パッと手を離した環は、そのまま手を攫《さら》っていってしまう。

大きな手に包まれると、私の手ってこんなに小さかったんだと新たな発見が生まれる。「つめて」と零《こぼ》された言葉に、触れ合ってる熱と、自分の手の冷えきり様にやっと気づいた。

「……こ、このコートね、いとこのお姉さんが貸してくれたの。もこもこで可愛いよね」

「うん」

「あと、私三つ編みできないからやってもらったんだけど、意外にアレンジ利くし練習しようかなあ」

「そうして、もういっかい見たいから」

「……う、かゆい」

「まじでもう喋《しゃべ》んなよ」

「手汗すごくてごめん」

「ほんとだよ、すぐ冷える」

「でも環の手はあったかくていいね」

「…………」

もう完全に無言になってしまった。チラッと見上げても、前だけ向いてる横顔しか見せてくれなかったけど。

視線を落として、引かれている繋《つな》いだ手に自然と笑みが零れた。あ、やばい、また、心拍数が上がってきてしまった。

文字通り光の中へ連れて行ってくれた、というか、物理的にも明かりがポツポツと光る繁華街は、私が近づきたくても躊躇《ちゅうちょ》していた場所だ。

街の深くまで行き着けば、あでやかな看板がひしめく。そこには夜なんかないように、鮮明に瞳に彩りを残してゆく。慣れたように歩く環に、親しげに声をかけてくる人が何人かいて、その度にぎょっと大袈裟《おおげさ》に反応してしまう。

「なんか、お知り合いが多いね？」

「あー、バイトしてたからなここで」

「未成年なのに？」

「ちょっとずるして？」

「ずる？」

「いざとなったら保護者になってくれる人がいるんだよ」

「ふーん……」

環の危ない交友関係を見てしまったのかもしれない。不安な気持ちが表れてしまったのか、思わず繋いだ手にギュッと力を入れると、背の高い環が顔をのぞき込むように屈《かが》んでくる。

「怖い？」

「ちょっと、こわい」

「やめる？　いつものブランコ戻るか」

「ううん……頑張る」

「いや、頑張るとこじゃねぇよ」

「怖いのは、新しい世界を知ることなの」

「……」

「一人だったら多分迷子になっちゃうけど、今は環がいるし。あとね、私はちょっと悪い子になってみたかったの」

「悪い子」

「うん。そういう思い出をひとつは作りたかったの」

綺麗《きれい》なだけじゃなく、少しくらい怪我をして傷を受けた方が、死ぬ時に、ああちゃんと生きてた人生だった、なんて、振り返れる気がして。

ぼんやりしてれば、唐突におでこを指で弾《はじ》かれた。「いた！」と咄嗟《とっさ》に額に手を当てると、少し笑った環が薄い唇を動かす。

「すずはたまにどっか遠くに行くよな」

「……」

「だから目が離せないのかも」

「今日は俺が隣にいること忘れんなよ」

「……………」

「……忘れないよ、手を繋いでいてくれれば」

おずおずと上目で見ながら繋いだ手を持ち上げれば、至極冷静な眼差《まなざ》しで「だから
そういうのよくない」となぜか諭される。どういう意味か全然分からなかったけど、
これ以上問い詰めたら不機嫌になると思ったから何も言わなかった。

これは気恥ずかしい時の環だ。

なにか、私の言動が刺さったのかもしれない、
と、自意識過剰なことをこっそり思う分には、驕《おご》りにも罪にもならないだろう。

「初級レベルのすずちゃんにはここがいいよ」

「！　ゲーセン！」

「行ったことある？」

「小学生の時に一度だけ……」

「全く、どんだけ遊んでない子どもだよ」

「私、太鼓叩《たた》くやつやりたい」

「いいよ」

隣同士で立って、私は赤いバチを、環は青いバチを持つ。テレビは見ないけど音楽を聞くのは好きだから、最近ハマっているアイドルの曲を選択した。「俺、知らねー」と言ってる環の意思は完全に無視した。

「え、引きこもりのくせになんでこんな上手《うま》い？」

「そりゃ引きこもってるのでゲームをいっぱいするんだよ」

「お前嵌《は》めたな」

「私は勝てる勝負しか挑まない」

圧倒的スコアの差を見せつけると、ゆらりと環の眼差しがこちらを向いた。なかなかに悔しげな表情ににんまり笑ってしまう。

「多分私が環に勝てるのこれしかない。あとは全部負けるから」

「マリカーしようぜ」

「やったことない」

「今日のすず、キノピコっぽいよ」

「誰？」

指し示された画面にはピンク色のキノコ頭におさげの女の子が映っていた。似てるのおさげくらいじゃない？　なんなら今日限定だし、と思いつつもキャラを選択してしまう。

「カウントのタイミングでアクセル踏めば、スタートダッシュいい感じできれるから」

「え、なに、わかんな、……あ、」

「置いてくぜー」

コンピューターと環が勢いよく走り出すのに、私はというと完全に出遅れてしまい、あげくハンドルをきるのが壊滅的に下手だった。

しかも亀の甲羅とかめっちゃ飛んでくるし、「自分のアイテムカつくやつに投げるんだよ」と言われてもどうやって投げるかも分からないし、ハンドルきるのに夢中になってたらアクセル踏むのを忘れていたし。

気づいたら一人だけ走り続けていた。「もう終わっていい？」と若干泣きべそをかきながら言えば、悠々と1位をもぎ取って余裕な環が「タイムアウトまで頑張れって」と笑いながら観察してくる。

結局、ぎりぎりゴールできたものの圧倒的ビリだった。

「私には運転は無理だと思った……」

「センスはねえな」

「環は上手だったね」

「まあ、ずっとやってるし」

「関係ねえけど教習所行ってるし」、と零された新情報にびっくりする。

「学校サボってる間に運転免許でも取っとこうかと」

「すごーい！　じゃあ本物の車運転できるようになるんだね。いいなあ」

「……すずも通えばいいじゃん」

「え」

「え、じゃなく、時間ならいくらでもあるだろ？」

目からウロコだった。自分が車を運転するなんて未来、想像したこともなかったので、じっと見つめてくる環の目を見ながら言葉が詰まる。

いけない、勝手に残りの時間を自分で狭めてしまっていた。無意識に先のことを考えないようにする癖がいつの間にか生まれていて、そしてそれを当然であるかのように生きている。

こんな風に、何も知らない人と話すことは、ある意味貴重なのかもしれない。環の当たり前が私の当たり前を超えてくれれば、私はもっと生きることに執着を持てるんじゃないかって。

「……うん、通ってみようかな」

なんだか照れてしまってはにかみながら「環、教えてくれる？」と尋ねれば、若干目を瞬いた環になぜか顔を逸《そ》らされる。「……教えるのは俺じゃなくて教官」とか言う癖に、自分の通っている教習所の情報を積極的に見せてくるあたりノリノリだ。

次は何して遊ぼう、と思った時、昔から好きなキャラクターのぬいぐるみと目が合った。透明な板を挟んで見つめ合うと、どうやったって不思議な引力にふらふらと体が向かう。

「おいどこ行く」

「あれ欲しいからこれやる」

「クレーンゲーム？　できんの？」

「分かんない、初めてやる」

「……ナニコレ、とり？」

「とりとおもちが掛け合わさったキャラクターなの。もちもちで気持ちいいからベッドにいっぱいある」

「……ふーん、顔ウケる」

後ろで環に見守られながら、両替した小銭を落としていく。なかなかの大きさのとりが天井から吊《つ》るされていて、そこ目掛けてアームを動かしたが、スカッと音がするくらい華麗に外した。

「………」

「下手くそ」

「……もっかいやる」

「真正面から見てるだけじゃ角度分かんねえだろ。こうやって体ごと動かして狙う。あとこういうのは一発で取れないようにアームの力が調整されてるから、長期戦覚悟で」

「おす」

なぜか玄人ばりのアドバイスを受けながら、集中してスイッチを押すタイミングを窺《うかが》う。環が言った通り何回かとりを支えるフックをずらして、惜しいところまで持っていけたけど、あと一歩が足りない。

悔しくて眉《まゆ》を顰《ひそ》める私に痺《しび》れを切らしたのか、「貸せ、交代」と環がいつの間にか持ってた小銭を大量投入するから思わず声を上げてしまった。

「環、そこまでしなくても、」

「よく分からんとりだけど、無事に取れたらすずは今日からこいつと寝るんだろ？」

「え、うん、ベッドに飾る」

「それがいい」

「……ちょっと意味分かんないけど、うん……！　え、うわあ、惜しい！」

私なんかより着実にとりを揺らす環に興奮して、思わずその腕に縋《すが》るようにくっついてしまった。一瞬、環が固まったように見えたけど、すぐ気を取り直してゲームに挑む。

もはや粘ったもの勝ち、とばかりに時間と、お金をかけて、無事にとりは穴に吸い込まれていった。

「絶対原価以上に課金してるわこれ……」

「……」

「はい、どーぞ」

「……」

「嬉《うれ》しい？」

「……嬉しい、ありがと」

渡された白いそれを抱きしめると、見知ったモチモチの感触が腕の中で溢《あふ》れた。顔を埋めるように擦り寄って、愛《いと》しさを噛《か》み締める。

「え、そんな喜ぶ？試合に勝って勝負に負けたようなもんだけど」

「でも、これは思い出になるじゃない」

「……」

「私は思い出を持って帰って、これを抱きしめて寝る度、この瞬間の嬉しい気持ちを思い出せるんだよ。半永久的に、死ぬまで。それって絶対かけた分のお金や時間を超えるから、かなりコスパ的にはよい」

「……」

「つまり、ありがとう。環からのプレゼントってことでよい？」

「………、すずさあ、本当に、なんなの」

とりを抱きしめながら上目遣いで環を見れば、複雑な表情を浮かべている。そして若干眉が垂れ下がっているから、またもやなにか刺さったのだろう。

それを言及すると不機嫌になってしまうけど、口に出したら私のせいで顔を赤くする環を見られるのだろうか。

「……おまえの言葉はいちいち、本物だから、困る」

「……本心で言ってるんだから、本物にしかならないじゃん」

「違うんだよ、人ってのはそこにほんの少し下心ってもんを入れるんだよ。なぜなら綺麗《きれい》なままだと欲しいものが手に入らないから」

「……うん？」

「だから、すずはとりを取れなかったし、俺はとりを取れた。その違い」

「よく分かんない」

「俺がとりを取れたのは下心があったからだよ。暴露させせんじゃねー」

「勝手に自爆してるんだよ、きみは」

「なんの下心か知りたい？」

「………」

ぐっと寄せられた距離の近さに、思わず一歩下がってしまう。目前で煌《きら》めく瞳《ひとみ》の熱量に耐えられなくて、とりで誤魔化すようにまた顔を埋めた。

「……多分、心臓爆発しちゃうから、今は遠慮しとく」

環に投げられた駆け引きに、私は逃げ腰になってしまう。

自分の中でひとつの予感が生まれたからだ。だめだと思えば思うほど、弱りきった心臓が燃え上がりどんどん欲張りになってしまう。

そういう空気にならないよう努めなきゃ、必要以上近づかないようにしなきゃ。

好きになっちゃ、だめだ。

傷つける未来が来ることなんて、分かりきってるのに。

とりにしがみついたままなにも言わない私に、息をつく音がした。そして大きい手が頭にのって、わしゃわしゃと撫《な》でてくれるのを、熱すぎる気持ちのまま感じていた。

3．可惜夜恋慕

「え～⁉　環じゃーん‼」

私も自分の力で何かを取りたくて、先生と化した環にアドバイスを受けながらクレーンゲームに苦戦していた時だった。賑《にぎ》やかな声とともに、わらわらと寄ってくる同じ歳くらいの少年少女達に、思わず肩を揺らす。

「……おー」

顔見知りなのか、でも歓迎してるのかしてないのか分からない温度で環が返事をする。そしてかなり自然に私を、自分の後ろに隠すように、腕で誘導された。

「学校サボってこんなとこで遊んでんなよ～！　不良だな～」

「それはお前らもだろ」

「環～会いたかったよ～、次はいつ学校来んのぉ？」

「まあ、そのうち？」

学校、というワードを捉《とら》えて耳がぴくりと動く。そっか、この人達、環と同じ学校ることを知っている人なんだ。ということは、私とも同じ学校。

……どうしよう、できれば顔を見られたくない。もしかしたら私のことを知っている人がいるかもしれない。

なるべく存在を消して息を凝らしたまま、目の前のぬいぐるみと見つめ合っていた。

環がその人達と話す声が、まるで無機質なロボットであるかのように、人工的で他人事《ひとごと》で、私の名前を呼ぶその色合いと全然違うから、なぜだか遠く、色褪《いろあ》せていく。見えない線がずっと引かれて、私だけ別の世界にいることをまざまざと突きつけられているかのようだった。

「環が学校来ないから私のモチベダダ下がりだよ〜。ねえねえ、今度一緒にどこか遊びに行かない？」

環の機嫌を取るような猫なで声は、そういうことに疎い私でも、彼の好意をいかに搾取するかを計算し尽くされていることが分かった。そして適当に返事をする環が、今まで一緒にいた人間の偽者に感じる。

それが、なんか、すごく、嫌だった。

相変わらず黙秘を保ったままの私に、環を介して軽い振動が伝わった。女の子のひとりが環の腕に絡みついたらしく、「ね、なんなら今からさ〜、」と話す彼女の、煌びやかなアイシャドウを施されたその瞳とバッチリ目が合ってしまった。

「……誰？」

「……、」

やばい、と焦りつつ、再び環の後ろに隠れた。「はあ？」と不服そうな声が届くけど、焦りと不安で一気に心臓が暴れ出す。

それに問われたことになんて返すのが正解なんだろう？

私の名前？　環との関係性？

正直どれも、なにひとつ、伝えたくない。

こんなもやついた感情は初めてだ。

「え、なに、誰かいんの？」

「なんか女の子いる～！　なになに、環の彼女？」

「俺にも見せろよ！」

声が大きくなって入り混じるから、腕の中にあるとりだけが味方な気分になった。

嫌だ嫌だ。学校に知り合いなんていない、通っていたのなんて高一の初めまでだ。

でも万が一のこともある。私のことを知ってる人がこの中にいるかもしれない。

もしそうだとしたら知られてしまう。

私が病気だってことを。

堪《たま》らず目を強く瞑《つぶ》って、息を止めた時だった。

ぽす、とフードを深く被《かぶ》らされる。無意識に環の服を強く摑《つか》んでいた私の手に、大きくてあったかい温《ぬく》もりがかぶさる。

「すず」

と名前を呼んだ声には、すでに温度が戻っていた。

「逃げよ」

逃げる？

誰から？　どこから？

問う前に環が私の手を引いて駆け出す。

えっ、と声を漏らしたのと、後ろから驚いた声が上がるのは同時だった。乱れゆくフードの陰から慌てて目を向ければ、環が悪戯《いたずら》っ子みたいに笑っていた。

走っちゃダメだと、数日前に誓ったはずなのに、引かれている手から不思議な力が働いて、足が羽のように軽く、地面を蹴《け》る。

せっかく被ったフードなんて、過ぎ行く風でふんわりと落ちる。結った髪が足音に倣って揺れる様が、私の心の具合を小気味よく、気持ちよく、表していた。

と、夢心地もつかの間、大して運動していない足はすぐに限界を告げた。

「ま、まって、たまき……」

息も絶え絶えに環に縋《すが》れば、すぐにスピードが緩み出す。急に止まると心臓に負担がかかるから、ゆっくりと歩幅の間隔を落としていって。

　大丈夫？　と自分の心臓に問いかける。

　服の上から手で押さえれば、間違いなくどくどくと動いているそれに、答えが返ってくるわけでもないのに問いかけ続けた。

　大丈夫？　だいじょうぶ？

　……うん、これはまだ、大丈夫なやつだ。

「大丈夫？」

　低い声が落っこちてきて、勢いよく顔を上げてしまった。夜が更けきった暗闇の中で、星のように瞬くその瞳が、不安げに私を見ていた。

「……大丈夫」

　環に問われて、自分で答えて、そしたらずっと、本当に大丈夫なんだって思えた。

「急に走ってごめんな」

「ううん、私が運動不足だったから」

「あいつらうるせえだけで怖いやつらじゃないよ」

「うん、知ってるよ」

「でもすずを無理に見ようとしたから、今日から絶交」

「絶交？　それはちょっとやりすぎじゃない？」

「だってしんどそうだったし」

「…………」

「とり、めっちゃしわくちゃになってる」

指摘されてとりを見下ろせば、確かに元々の顔よりか幾分ブサイクになった姿がそこにあった。無意識に力を込めて握ってしまっていたみたいだ。

慌てて皺《しわ》を伸ばすように撫《な》でながら、

「……撫でながら、弱々しくてか細い手を見て、自分の情けなさを呪った。

「……環、いつもと違う人みたいだったよ」

「違う？」

「でもあっちが本当なんでしょ？」

「あっち？　どっち？」

「なんで私なんかに付き合ってくれるんだろう」

「…………」

「ずっと不思議でたまらなくて、聞きたかったけど聞けなくて。だって私といてもつまらないでしょ」

つん、と鼻の奥が痛いのは、刺さるように鋭い、冬の冷たさのせいだ。環の目が見られないのは、あまりに明るいから結局眩《まぶ》しくて目をつぶってしまう。

代わりに意味もなくとりを見つめていれば、急に腕の中が空っぽになる。咄嗟《とっさ》に顔を上げて、しまったと思った。

逸《そ》らすことは許さないと見つめてくる瞳《ひとみ》に捕まったから、もう逃げられない。

「つまらないとか言う次元じゃない」

冬の乾いた空気は、人の声を、やけに鮮明に空間に反影させる。

「さっき逃げただろ、引いてやったじゃん。それとももう、心臓爆発しないなら、遠慮しないけど」

とりを返して欲しい。

とりあえず縋るものが欲しい。

口に出してたらしいけど、「ヤダ」と簡単に拒否される。小脇に抱えられた白いぬいぐるみが恋しくて堪らなくなってしまった。

「……ほんとはこの後カラオケでも行こうと思ってたけど」

「…………」

「今、密室に連れ込んだら、すずに警戒心MAXにされるからやめる」

「……私歌えない」

「嘘つけ。太鼓叩《たた》きながら鼻歌してたぞ」

逃れようのない指摘に肩を竦《すく》めれば、とりを抱える手と別の方の手が伸びてきて、私の手を攫《さら》った。私よりも温いから、何故か自然と馴染《なじ》むように肌が触れ合って、引っ張られて走っていた時とはまた違う思惑を知る。

指の腹が撫でるように肌を辿《たど》った。無意識に吐いた息が、あまりにも熱いから一瞬で白に変わってしまうのだろうか。

「……やだ？」

やだ、じゃない。そんなわけない。でもなんて言葉を口にしたらいいか分からないくらいには、今、目の前の君のことで頭がいっぱいだ。

だから言わずとも伝わって欲しい。私は今声が出ないし、歌うなんて以《もっ》ての外《ほか》だからカラオケなんか論外だ。

小さく首を振る私に、環が安心したように息をついた。その仕草に、不思議すぎて戸惑いが止まらない。

何を怖がることがあるの、何を不安になることがあるの。私は環のおかげでいっぱいいっぱいなのに。

きゅ、と握る力が強くなって、そのまま緩く引っ張られる。

「散歩しよ。いつも通り。すずと一緒にいる時間を退屈に感じたことは一度もないから、すずはもっと、自信を持って自惚《うぬぼ》れた方がいい」

環はどこまでも先を歩く。鈍感な振りをした私に付き合って、逃げた先でも選択肢を用意して待ってくれている。だから思わず込み上げる感情に名前をつけるとするなら、その名前を今すぐに口にして環に伝えたいと思ったけど、それにしてはあまりにもまだ寒すぎて、繋《つな》がる手の温度の心地よさに、やっぱり言葉なく浸っていたかった。

眠らない街は人の作り上げた明かりに惑わされ、酔わされ、不健康な空気が辺りに充満している。

目映《まばゆ》いくらいのライトがちりばめられた異空間で、環とふたりして歩いた。そこにいる人達と明らかに温度が違う私達は、私達こそ、ここでは異質なんじゃないかと錯覚しそうなくらい。

私は環の金色の髪が、様々な色の光に当たって煌《きら》めく様を見るのが好きだと思った。時折、確認するように視線を辺りにさ迷わす際、現れる美しい横顔を、誰よりも近い場所で後ろから観察できることに喜びを感じた。なのに、不意に振り返った環と目が合ったら逸らしてしまう。

「なに」と態度の悪い私に対して不機嫌な声が聞こえるから、「知らない」と無理やりな答えを返して、会話と言えばそれくらい。

「今歩いてたとこめっちゃ汚かったじゃん。なんかくせえし」

「……さいてい」

「は？」

「……なんでもない」

ほんの数分前に環のおかげで綺麗《きれい》に見えていたのに、と勝手に憤慨した。理不尽な憤りをぶつけられた環はなんだこいつって顔をしながらも、「ここ上って見下ろせば、多少マシな夜景に変わる」、と廃墟《はいきょ》になったビルを指さす。

絶対立ち入り禁止なやつなのに、環がひょいっと進んでしまうから、いいのかもと思ってしまう。人が罪を犯す瞬間は、こういう簡単な誘惑からくるのだと改めて理解した。

「わ、わ、ほんとだ……！」

「どう？」

「綺麗！」

近すぎると見えなくていいものも鮮明に映ってしまうけど、距離を取ればまた近づきたいと欲するほど、たくさんの星を集めて暗闇に閉じ込めたような光が、自由に呼吸していた。

フェンスに手をかけながら感嘆の声を漏らせば、同じように隣に立つ環も手を伸ばした。カシャン、と音がして視線を向けると、暗闇の中に端整な顔立ちが浮かび上がる。

例外も、ある。この人はどんなに近くで見てもずっと綺麗だ。欠点がひとつもなくてくれる。

熱烈な私の視線に気づいた環が「なんだよ睨《にら》むなよ、返すよ」ととりを渡してくれる。飛びつくように抱き締めれば、すごく納得いかない顔をされた。

「そいつ取らなきゃよかった」

「なんでそんな悲しいこと言うの？」

「そいつがいればそれでいいみたい」

「環あってのこいつじゃない」

「…………」

「私今日すごく楽しかった！　なんか初めてのことばかりだった。だから持って帰れるものがひとつあって助かった。だって寝る直前まで嬉《うれ》しい気持ちでいられるもんね」

「……じゃあまた来よ」

「うん！」

機嫌よく声をあげれば、環が穏やかに微笑んだ。その表情に、教えてもらったばかりの自惚れが生まれる。

よかった、環も、私と一緒にいて今、嬉しいんだ、って。

「私の家はあっちらへん。環は？」

「あっち」

「ふうん。ちょうど学校を挟んでるね」

「面白いほど真反対だな」

「それじゃいつもの公園まで遠いでしょ」

「別に歩くのは嫌いじゃないし」

「そんなに知り合いに泣いてるところ見られたくなかったの？」

わざわざ遠くの場所まで来て、泣いていた環を思い出してつっこめば、「うるせえ」

と低い声が返ってきたから笑ってしまった。

「ふふふ、……ねえ、泣けるくらい人を好きになるってどんな感じなの？」

「……好きだから泣いてんじゃない、思い出しても、もうどうにもできない虚《むな》しさに泣いてんだよ」

「…………」

「好きなら、生きてるうちに泣いてた。死んでから色々分かって泣くなんて、まがいものだろ。結局、自分に酔って救われたくて、泣いて誰かに許してもらいたいだけ」

「…………」

「色々と自覚する前に終わったのはガキだった証拠だから、次に誰かを好きになるなら絶対後悔しないように動くって決めてた」

「……うん」

「……すずは？」

「ん？」

「……どんなやつ好きになんの？」

「え、」

「どんなやつだったら好きになんの？」

「えっと」

「俺は、その対象に当てはまる？」

自分が息を呑《の》む音がやけに耳に届いた。ぎゅっと腕の中に戻ってきたとりをまた強く抱きしめてしまう。でも不思議と、先程よりは逃げたい、とは強く思わなかった。なぜなら、ほんのり赤く頬を染める環の顔がとっても可愛かったから。可愛かったから、今まで感じたことのないくらい、きゅ、と胸が締め付けられた。

「……それ、私は自信を持って自惚れていいやつ？」

口に出したくせに、胸の中は足りない何かですかすかだった。補うには、環の確実な言葉が必要なことは分かっていた。

切り込んだら逃げられないことを分かっていたから、俯《うつむ》きもせず、逸《そ》らしもせず、ひたすら環の横顔を見ていた。そしてくるりとその顔がこちらに向き直る。

目の奥まで透けてしまいそうな瞳《ひとみ》の中で、

「……いいやつ」と言葉を聞いた私が、びっくりして震えていた。

「あ、」

動揺でとりを落っことしてしまって、私と環を繋いでいたヒリヒリとした視線の応酬が途切れてしまった。慌ててしゃがみ込んで拾い上げたとき、同じように屈《かが》んだ環と下からの目線で絡み合う。

切れてもまた繋がることを知って、淡い熱を含んだそれは刹那《せつな》、眩《くるめ》き散らばった。揺れる瞳に捕らわれたまま動けなくなり、ひたすら見つめ合う。そして5秒後の未来が目の裏に浮かび上がった時には、ふ、と近づいた環によって顔に影が落ちた。睫毛《まつげ》が長くて、瞬《まばた》きをする時間さえ永遠に感じるようだった。瞬間の許しに誘われるまま目を閉じれば、目前の気配に予想した5秒後の未来が重なった。

――感触があまりに柔らかすぎて、溶けるんじゃないかと思った。もちろん、息をするタイミングなんか分からない私は、全身全霊をかけて触れている温《ぬく》もりに全てを奪われていた。

すり、と冷たい鼻どうしが掠《かす》めて、ゆっくりと温もりが離れていく。環の金色の髪がおでこに触れるから、どう足掻《あが》いても照れすぎて顔をあげられない。

「今、俺が何したか、分かる？」

掠れた熱っぽい声が鼓膜を撫《な》でたから、心臓を刺されながらも懸命に頷《うなず》いた。「じや、顔上げてよ」とねだる声に、目をぎゅっと瞑《つぶ》ってからおずおずと上目に環を窺《うかが》う。

「……すず、かわいい」

蜜《みつ》に塗《まみ》れた声に、は、と息が漏れた。例外なく白に変わって昇っていく様をぼんやり眺めていると、伸びてきた指が唇を優しく撫でる。

「だから、もういっかいな」

ひたすらに嬉しそうに笑って、大きな手に顔を包まれて、どうやって拒否などできるだろう。言い訳もできないくらい、この瞬間の私の頭の中はふわふわとおぼつかなく、経験したことのない煌《きら》めきで溢《あふ》れていた。

もう一度、重ね合わされた唇同士に、意味を見出《みいだ》したい。というか、私にはたったひとつしかない。

この時には口に出せなかったし、お互い言葉にもしなかったけど、合わさる視線で痛いくらい分かった。

寒いくせに熱いという矛盾を抱えながら、私に触れる環の手に自分の手を重ねた。唇を触れ合わせるだけだったそれが、環によって食《は》まれる動作を受けびっくりすれば、愛《いと》しそうに零された控えめな笑い声が、耳を優しく撫でた。

ここを始まりだと勝手に決めることにする。

だって、思い返せばいつだって、これから先の生きていく力になってくれる。

瞬きするのも惜しいほど、愛おしい夜に出会った瞬間、もう二度と朝が来なくてもいいとさえ思った。

★☾ .☆

キスをした。

「…………」

正味、一時間くらいは鏡を覗《のぞ》き込んで自分の顔が変わってないことを確かめる。さすがに変わってないことにほっとするけど、数分後にはまた見てしまうから嫌になる。いわゆるファーストキスというやつである。テレビでしか見たことないその行為が、いざ自分の身に降りかかると、想像を優に超えていっそ別世界に飛ばされたようだけど。

やばいまたドキドキしてきた。落ち着け落ち着け。そしたらまた鏡を見てしまうし、いても立ってもいられなくて時計を見れば、あと数時間で夜がやってくるから慌ててしまう。数時間もあるんだから慌てても意味ないのに、慌ててしまう。

無意味に立ち上がり部屋をウロウロして、またベッドに戻る。昨日から仲間入りしたとりをじっと見つめて、あなたがいてくれてやっぱりよかった、と嬉しい気持ちに浸って手を伸ばした。

　抱きしめると、ふんわり愛しい気持ちが溢れて、もっと強く抱き締めてしまう。

　昨夜という宝物みたいな夜が恋しくなって、早く会いたいなと思い浮かぶ相手は、もちろんたった一人だけだ。同時に会ってなんて言おう、どんな顔をすればいいんだろう、と迷う気持ちも生まれるから、安定した心拍数を得るために深く息を吐いた。

　ちなみに既に先手を打たれていて、目覚めた頃に環からメッセージが届いていた。

「今夜もいつものとこで。逃げんなよ」だって。

　さすがすぎてもはやエスパーなのか疑う。

　恥ずかしいな、どうしよう。

　環を見る顔が常に変になってしまうかもしれない。

　そもそも私と彼の関係性って、今は何に定義されるのだろうか。

　好きと言い合う前にキスをしてしまって、恋人の約束をする前に、満足して帰ってしまった。そうなると友達のままなんだろうか、もしかしたら友達だと思っていたのは私だけの可能性もある。

　でも別に関係を明確にしなくたって、十分満たされるくらいのものを環からもらっている。具体的に言葉に示せと言われても難しいから、まとめると、このとりとか。

　味気のない日々に彩りが散らばっただけでも、感謝の気持ちでいっぱいなのに、これ以上何を求めろって言うんだろう。生憎《あいにく》、どこまで無遠慮に踏み込んでいいのか判断がつくほど、私の人生経験はそこまで豊かではない。

……環に聞いたら教えてくれるのかな？

私、どこまで欲張りになってもいい？　って。

「すずー！　ごはーん!!」

「……！　は、はーい……」

色々考え始めると沼に嵌《はま》って抜け出せなくなりそうだったので、一旦《いったん》答えを放棄することにした。いつも通りお母さんと向き合って食べるご飯は妙な緊張で味気なかったし、謎の罪悪感で挙動不審になっていたから、お母さんに訝《いぶか》しげに尋ねられてしまった。

「すず、なにかあった？」

「へ？　あ、……な、なんでもないよ」

「本当？　お母さんになにか隠してることない？」

「なにもないなにもない」

ご飯をもりもり食べながら誤魔化すように笑った。しばらく私を探るように見ていたお母さんが、少しだけ眉《まゆ》を垂れさげて聞いてくる。

「……また具合悪くなったとかじゃない？　もしそうだったらすぐに言うんだよ。この前全力疾走した、なんて聞いたとき、お母さん倒れそうになったんだから」

お母さんはあくまで、いつもどおり、普段どおり私を心配してくれて言っただけだ。

それなのにどうしてこんなに胸がチクチクするんだろう。どうしてすぐに「分かってるよ」って言えなかったんだろう。

さっきまでの浮かれた気持ちが萎《しぼ》んでいく。口に含んだご飯の味が乾いていく感覚。心の奥底に封じこんでいた紛れもない事実が、私の気持ちを冷ましていった。

普通の女の子じゃないくせに、普通に恋できるかもなんて。

想像すらすべきじゃないことを、思い出した。

★☾.☆

「ん、どっちがいい？」

目の前に差し出されたふたつの選択肢にしばし考えてから、「こっち……」とココアの方を指さす。「じゃあ俺はコーンスープな」と、ココアが近づいてコーンスープが離れていくのを擽《くすぐ》ったい気持ちで見ていた。

出会ってから今日まで、会って一番初めにやることだ。必ず環は私にどっちか選ばせてくれて、自分は私の選ばなかった方を、飲む。ずっとぶれないから、ずっと嬉《うれ》しい。

昨日も会ったばかりで、何にも変わらないはずなのに、今日はなんだか輝いて見えた。さむ、と呟《つぶや》く低い声も、ネックウォーマーに顔を埋める仕草も、ふとこちらに落とされる視線も、なんかもう全部特別に見えて落ち着かない。

やっぱだめだ、変な顔をしてしまう。

昨日が特別仕様だったから元の雪だるまルックに戻った私は、恥ずかしさからいそいそとフードを深く被《かぶ》った。完全に視界を狭めてココアを冷ますためにふー、と息をふきかけていれば、バサッと自分じゃないものの手でフードを落とされる。

「……なんで外すの」

「なんでかぶんの？」

「……隠してる」

「なんで隠すの？」

「…………」

「俺が見えないじゃん」

「…………」

「すずの顔見えないじゃん」

どうしてこの人はこんな余裕そうなのだろうと、摩訶不思議《まかふしぎ》の境地に陥った。昨日起こった出来事はもしかしたら夢だったのかと疑わしくなるレベルでいつも通りなので、こっちがおかしいみたいだ。

なんでなんでと聞きすぎな環に返事をするのも億劫《おっくう》になって、抵抗することを諦《あきら》めた。顔を冷たい空気に晒《さら》したまま環を見上げれば、「今日はこっち」と手を引かれる。

連れていかれたのはいつものブランコじゃなくて、備え付けられているベンチだった。

「どうして？」と聞いても、「まあまあ」と流される。

特にこだわりがあるわけでもなかったし、たまにはいいか、と二人でベンチに並んで座った。

へー、ここからだとちょうど砂場が見られるんだ、遊んでる子どもたちを見やすいから、お母さん達は助かるだろうな、と分析していると、肩にとん、と軽く重力がかかる。

「……ふは、すず温くね？　子どもかよ」

さらっと柔らかい髪が首あたりを擽って、そこからじんわりと熱が広がっていくようだった。

いつもは、二人の間に空間があった。それぞれの些細《ささい》な動作で揺れるブランコの上で、無理やり距離を詰めようと思うこともなかった。

私は常に鎖を摑《つか》んでいて、それも小さい頃に調子に乗ってブランコから落ちてしまったことがあったから、しっかり摑むことが安全第一の第一歩だって思っていたから。

環の温度と、香りをダイレクトに感じているこの状況に、な、る、ほ、ど、と限界突破ぎりぎりの場所で納得した。

くっつきたかったのかな、この人。

すごく満足そうな顔してるけど、私は逢瀬《おうせ》が始まって五分で、もういっぱいいっぱいの状態だ。

「……すずー、」

「……なに」

「今日ずっと顔赤いけど」

「…………」

しかも、意地悪だ。

下から揶揄《からか》うような、でも明らかに糖度が高すぎる眼差《まなざ》しを受けて、思わず顔を逸《そ》らしてしまう。やっぱり無理、とフードを被ろうとした時に、制止するように手を取られる。

「だめ」

機嫌が良さそうな声が、近づきながら耳に届く。簡単に距離をつめて、気づいたら鼻が触れそうなところに、煌《きら》めく瞳《ひとみ》があった。

「ど、うしてそんないじわるなの、」

「可愛いから」

「……っ」

「すずが可愛い」

「……うそ、」

「なにが」

「私、へんな顔してるでしょ、今日一日鏡で見ても、へんな顔してたし」

顔に集まっていく熱を感じながら、焦ってそう伝えれば、環の動きが停止する。恐る恐る様子を窺《うかが》うと、なにやら神妙な表情を浮かべていて、え、と戸惑った。

「……どストレートに心臓刺してくんのやめて」

「さ、刺してないよ」

「はあ、いちいちツボな行動とるのやめて」

「とってないよ！」

「もういい、とりあえず顔上げて」

「え、」

戸惑いの声をかき消すように環の両手で顔を包まれる。じっと覗《のぞ》き込まれた瞳の中で、私自身が戸惑ったように、それでも、彼から目を離さずにいた。

嬉しそうにはにかみながら、環が言葉を降らせてくる。

「今日さ、朝起きていちばんに考えたことなんだと思う？」

「……え、なんだろう」

「早く夜にならねえかなって」

「…………」

「そしたらすずに会えるじゃん。あまりに待ち遠しくて、もう二度と朝なんて来なくていいとさえ思ったわ。空が暗くなっていくにつれ、テンション上がってくしな」

降り注ぐ言葉になぜか泣きそうになった。

あのね、環。私も今日、早く夜が来ないかなって思ってたよ。環に会えると思ったら、一瞬で朝が終わればいいのにって思ってた。

でもね、本当はいつも思ってる。環に出会う前からずっと、私は朝なんか来なきゃいいのにって思ってる。一日の始まりで、今日も生きていると実感するその時間、私はずっと眠りについていて太陽の光から逃げてるの。

環の理由に比べれば、私の理由なんて、なんて残酷なんだろう。その意味も、その本心も、告げることができずに、「私も同じだよ」なんて、絞り出した声の忌々しさは言葉に表せないほどだった。

気づいたらきゅ、と縋《すが》るように環の腕を握っていた。それはもう、結構な力で掴んでないとどこかに落っこちてしまいそうだったからだ。あまりの自分の残酷さに目頭が熱くなる。

「すず？」

「……ううん、なんでもない、あのね環」

「なに」

「私、あの日、キスしたの初めて」

「え」

「環にファーストキス取られた」

「……まじか。……えっと、それは予告なく奪ってすみませんでした」

「ふふ、うん」

「あの責任はとるんで。あと俺はすずのはじめてが俺ですっげー嬉しいです」

「……私もだよ」

ほんとは最後も環がいいけど。

なんて、重すぎる言葉は胸にしまっておいた。美しい顔をじっと見つめ続けていたら、私の頬を優しく撫《な》でた環が、頭の後ろに手を回して引き寄せてくる。

きゅ、と大切そうに、まるで壊れないように、抱きしめられる。凍えそうに寒い空気に晒された肌が、環のコートと触れ合って、服越しに伝わる温《ぬく》もりに力が抜けた。

あったかい、そしていい匂いだ。自分よりもずっと大きくて逞《たくま》しい腕に包まれるだけで、こんなにも安心するなんて。

胸に擦り寄ると、微《かす》かに鼓動が聞こえた。思わず大袈裟《おおげさ》に反応してしまう私に、「すず？」と驚いたような声が聞こえて、「なんでもない」と誤魔化した。おそるおそる耳を当てて、緊張が支配するなか、当たり前のことを悟った。

このひとは正常な心臓をもつ、ちゃんと普通に生きてるひとだって。

「たまき」

「んー？」

「あの、ね、私、環が私と一緒にいてつまらなくないって言ってくれて嬉《うれ》しかった」

「…………」

「自信もって自惚《うぬぼ》れていいよって言ってくれたのも嬉しかった」

「……うん」

「私多分、初めの頃からね、環に会った時からね、この人に好かれたいかもって、思ってたと思うんだ」

「…………」

「だから今、こんなに嬉しいんだと思うんだよね。すごいドキドキして逃げたい気持ちもあるんだけどね」

「……逃がさないけど。俺が捕まえたから」

ますます強く抱きすくめられて、私の髪に顔を埋めた環が、耳元で小さく低い声を零《こぼ》す。

「言うの遅れたけど」

まるで録音したかのように、

この日の、この瞬間の、あなたのその声を、

私は今でも鮮明に再生することができると言ったら、笑う？

それとも照れて顔を赤くしますか？

まさしく、今、私の目に映ってるかのように。

「すず、好き。俺と付き合って」

キスしてる時は顔色ひとつ変えなかったくせに、たったの2文字告白する時は、私以上に赤くなるの変なの。

そう言って笑ったら、「されど2文字だろ」って不貞腐《ふてくさ》れた声が耳を撫でて、永遠に残ってくれていた。

心臓の音がはやくなる。自分のものじゃない他人の音を聞くのはこれが初めてで、最初は少し怖かったけど今はゆっくりと体に浸透して馴染《なじ》んでいる。

環が生きてる、その事実が嬉しい。

だからこそ、こっそり自分の中で決めた。

もし私の病気のことを知ったら、彼のこの心臓の鼓動はどんなリズムでどんなスピードで命を刻むのだろう。

それを知る勇気が私にはない。

だから秘密を知られたそのときは、この時間を終わりにしよう。

そう、踏ん切りをつけないと、いつまでも生きていたくなってしまうと分かっていたから。

4．一夜一会

彼氏ができた。

「………」

飽きもせず、キスをした時と同じ状態に陥っている。キスをした私と、彼氏が出来た私は、今日も鏡の中で変な顔をして、迷子みたいな表情を浮かべている。

「すずー？」

「わ、……明日美ちゃん」

「どうしたの鏡なんて見つめて……、んー？　恋煩いか～？」

「そんなんじゃない、こともない」

「え、」

「明日美ちゃん、まだお母さんには言わないでね」

耳を澄ませて、その足音が聞こえないことを確認した私は、すでに聞く状態が完璧《かんぺき》な明日美ちゃんの耳に、小さく、自身に起きた出来事を報告する。告げられた言葉の意味を呑み込んだ明日美ちゃんは、口をパカッと開いたので、慌てて声が出ないように手のひらで塞《ふさ》いだ。

「(明日美ちゃん!!)」

「(がち⁉　え、彼氏⁉　あのイケメンでしょ⁉)」

「(う、うん)」

「(ひゃ〜！　やっぱすずのこと狙ってたんじゃん⁉)」

「(そうみたい……)」

「(で？　どこまでしたの⁉)」

「(え⁉)」

「手繋《つな》いだ？　ハグした？　キスした⁉」

「なんでそこだけ声大きくするの……！」

私以上にリアクションが大きくなってしまうから、今後は報告するかかなり迷う。

その感情が顔に表れていたのか、明日美ちゃんは慌てたように居住まいを正した。

「いや〜、ごめんごめん、小さい頃から知ってるすずに彼氏が出来るなんて、あんまり感激しちゃってさあ」

「……大袈裟にしないでね、お母さんにも言ってないんだから」

「分かった分かった。でもすずママに言ってないことを私に言っちゃってよかったの？」

「だって明日美ちゃんは私の主治医だから」

迷わず口にした言葉に、明日美ちゃんの笑顔が固まった。茶化す空気が徐々に消え去り、〝先生〟の顔になる明日美ちゃんに、私は静かに言葉を続ける。

「明日美ちゃん、私に言ってくれたでしょ。あんまり深刻に考えないで、自由に生きていいよって。もしドクターストップをかける時が来たら容赦しないからって」

「うん」

「……近いうち、ちゃんと検査しに行こうかな。明日美ちゃんに甘えて、最近診てもらってなかったよね」

「すず」

「……ずっとひとりだと思ってたから、ずっと逃げててもいいかなって思ってたの。別に環との未来を私は明確に考えてるわけじゃない。環も、きっと、そうだと思うし」

「…………」

「もし、万が一ってことがあれば、傷つく前に消したいだけ。すっごく好きになってからじゃ耐えられる気がしないから」

「すず。これ以上もし話を続けるなら、またいつもの喧嘩《けんか》になるよ」

「…………」

「私はずっとすずに手術して欲しいと思ってる。だけどすずの意思を尊重して、我慢してるんだよ」

「……だって怖いんだもん……」

「もう、よわむし！」

鋭利なメスを想像しただけでぶるぶる震えだす私に、明日美ちゃんの喝が刺さりすぎて痛い。小さい頃からずっと勧められているけど、あまりに怖すぎて同意ができないのだ。麻酔がかかり眠っている間に全てが終わっていると説かれても、過ぎる不安がどうにも覚悟を決めさせてくれない。

だってもし、眠ったまま戻って来られなかったらどうするの？

私はちゃんと、これが最後の睡眠なんだって、分かってから死にたいよ。どうせなら楽しい夢に浸って眠りに落ちたい。

「私はすずの全部が大好きだけど、ひとつだけ嫌いなところがある。無意識に大人になった自分を想像するのをやめること。当たり前に信じていい未来を信じてくれないこと」

「…………」

「今だって果てしなくマイナスの方向で考えてるでしょ。なんでよ、治るものなんだよ、どうして信じてくれないの？」

「だって、」

「私は、その、彼氏の環くん？　のおかげで、すずが生きることにもっと執着して、手術を受けてくれることを期待してるから」

「ええー……」

「ということで、紹介して。丸め込むから」

「やだよ～、環に言いたくないもん……」

「すず！」

怒りん坊になってしまった明日美ちゃんに、濡《ぬ》れた目を向ければ、うっ、と怖い顔が徐々に落ち着いていく。明日美ちゃんが私の泣いた顔に弱いことは長年の付き合いでよく分かってるので、どうしても逃げたい時は嘘泣きするようにしてる。ごめんね。

本当はちゃんと向き合わなければいけないことは、宣告を受けた時から痛いほど理解している。でも考えれば考えるほど重い何かが募って、ただでさえ弱い心臓にさらに負担をかけてる気がするのだ。

だから家族の心配も不安も、軽く流してしまうし、怒られても縋《すが》られても、なあなあに蔑《ないがし》ろにして逃げている。

ずっと逃げている、ずっと。

それは悪いこと？

でも私に悪いと糾弾できるのは、同じように心に悪魔を飼ってる人間だけだ。
健康な人に諭されたって、何も響かない。
何も届かない。
そうじゃないとやってられない、
そうじゃないと、
――生きるのが、苦しい。
自分のことを、
大切に思って、
生きるのは苦しい。
だからずっと考えない、
未来のことなんて考えない。
期待すればするほど、手のひらから零《こぼ》れ落ちた時の絶望が大きくなることなんて、
誰だって知っていることだ。

★☾·✩

「てか一度親御さんに挨拶《あいさつ》させて」

なんか言い出す環になんとも言えない視線を向けながら、差し出された肉まんを一口食べる。

「こら、なんつー目をしてんだよ」

「……なんでそんなこと言うの」

「だってこのままだと俺は大事な娘を夜な夜な連れ出す最低な男じゃん、やだよ」

「…………」

「好感度上げてきたいから」

「……好感度上げてどうするの？」

「え、どうするとかない。好きな女の親に好かれたいだけ」

「…………」

どうしてこうも真っ直ぐなんだろう、この人。

明日美ちゃんと色々話した余韻があって、改めて自分の醜悪さに辟易《へきえき》していた私にとって、環のこの、純粋なところはあまりに眩《まぶ》しい。

相変わらず顔もかっこいいし、あんまんにかぶりついてるところも様になってる。

私があんまんを選ぶと信じて疑わず、結局肉まんを取られて渋い顔をしても譲ってくれるところとか、とても良い。

若干見惚《みと》れながら肉まんを差し出してみると、嬉《うれ》しそうに頬張ってきた。

いつも公園だと味気ないから、ということで、最近はこうしてコンビニであたたかいものを買って、川沿いを散歩している。前に街に出かけて一緒に走ったとき、体力がないと思われたのか「軽い運動はすべき」とアドバイスされた。明日美ちゃんにも軽い運動は必要だと言われているので、素直に頷《うなず》いた。

「すずのお父さん怖い？」

「うん」

「えっ……」

「…………」

「怖いというか寡黙なの。人見知りするからあんまりお話ししないし」

「代わりにお母さんがたくさんお喋《しゃべ》りするから大丈夫だよ」

「……じゃあ、その時は、ちゃんと制服着て行く。髪も黒く染めてく」

「か、……」

髪を黒く？　そして制服？

瞬時に思い浮かんだのは入学式の時の彼の姿だった。今よりも幼いけど、人を惹《ひ》きつける空気は変わらない、懐かしい記憶の中の、環くん。

「み、見たい……」

「え？」

「黒髪で制服の環見たい」

「……俺もすずの制服見たいけど」

「…………」

「今度一緒に学校行こ」

「それはやだ」

「いやなんかい」

私の即答拒否に素早いツッコミを繰り出した環は、しばらく私の様子を窺《うかが》っていたけど、私がつんと意見を変えないことに諦《あきら》めて、私の手の中にあった肉まんのゴミを回収してくれる。

それから空いた手を自然に繋《つな》がれる。思わず横顔を見上げると、「さみーなー、すずの手は冷たいし」と文句言ってくるけど、全然放す気配はないので愉快だ。

「私は先っぽが冷たくなるの。体の大部分はあったかいよ」

「確かに。抱きしめるとカイロみたい」

「それは環の方。環は全部あったかいじゃん」

「そっちの方が嬉しいだろ？」

「嬉しい」

ふと思いついて、環の方に寄りくっついて歩いてみる。幾分かは寒さが和らぐような気もした。

冬の夜気は容赦なく私達を囲むから、なおさら触れ合った温度が愛《いと》しく感じるのだろうか。人肌が恋しいっていうのは、きっとこんな夜に生まれたのかもしれない。

寒いと寂しくなるし、冷たいと悲しくなる。

寄り添える何かが欲しいと思うのは自然な事だ。

「どっか行きたいとこある？　深夜でも開いてるとこな」

「え、……えーとえーと、……クラブ？」

「はあ？　クラブ？　却下」

「え！　ど、どうして」

「あんなクソみたいな男しかいないとこに行かせるわけねえだろ、ばかすず」

「だって音楽を爆音で聞いてみたかったんだもん。音楽好きだから」

「世の中にはそんな純粋な気持ちでクラブに行く人間ばかりじゃないってこと、分かっといた方がいい」

「でも環行ったことあるでしょ？」

「……………」

「不純な動機？」

「……………」

「女の子持ち帰ったり、」

「うるさい」

「むぐ、」

「……明日、カラオケな、以上」

この前、一緒にデートした時になんとなく気づいている。環は十八のくせして、わりと夜の街で遊んでたんだろうな、ということ。思えばこの前街に出かけたとき、声をかけてきた知人達を考えても、とても治安がいいとは言えない見た目をしていた。髪だって金髪だし。

……まあそこは、私もお気に入りなので許そうと思う。

「何を勘違いしてるか分からんが、若気の至りだから」

「今も十分若いよ」

「家が荒れすぎて帰りたくなかったんだよ、勘弁して」

「私別に責めたりしてないでしょ」

「……嫉妬《しっと》とかしてくんないの？」

「環に？　嫉妬していいの？　でもキリないじゃん」

「……俺は嫉妬する」

「……ほう」

「俺は独占欲強いから、正直すずが他の男と話してるだけでむかつく」

「そう、なんだ」

そこまで？　そこまで執着される理由が見つからないから悩む。そしてそこまで私の事好きなの？　と疑問にもなる。

腑《ふ》に落ちず首を傾げる私に、環が少し悲しげに眉《まゆ》を垂れ下げた。

「俺と、すずとの、好きの度合いが圧倒的に違う。俺の方が好きすぎる」と恥ずかしげもないことを言い始めるので、私はどうしたらいいのか分からない。

とりあえず座ろう、と誘って、川へ降りるための階段に二人で腰掛ける。川、どこにあるの？　と問いかけたいくらい暗くて、もし歩き出したとしたら知らないうちに沈んでしまうんじゃないか、そんな風に思ってしまう景色を見ながら、ぽつりと吐いた言葉が白くなって闇夜に浮かんでいく。

「夢見てるみたいなんだよね」

夢？　と聞き返された言葉に頷き、環の方へ体を向きなおる。

そっと抱きつくと、びっくりしたように固まってしまった。やっぱりあったかい、だからそのまま話し出す。

「私、基本的に夢見ないんだよね。昼夜逆転してる生活を始めてから一度も」

「……そうなの？」

「うん。やっぱり人間は太陽の下じゃないと生きていけないんだなあって分かってきた。どんなにちゃんと睡眠をとっていたとしても、ぼーっとすることが増えたり、体の反応が鈍くなったり。とてもね、健康とは言えないかなって思う」

「…………」

「だから、こうやって夜出歩くのも、どこか夢を見てるみたいな感覚なんだ。夢遊病、とまでいかないけど近いね。起こったことは本当に現実なのか、寝て起きたら幻だったんじゃないか、いつもそうやって考える」

「さすがに夜型の弊害出てきてんじゃん。たまには早起きしてみれば？」

「……朝は、夜よりもっとこわいし、嫌い。だから眠ってたい。それに今更、朝起きてなにをすればいいのか分からないし」

「俺と一緒に過ごせばいいじゃん」

さらっと零《こぼ》された言葉に思わず顔を向けた。私の反応に気づかず、星が瞬く夜空を見上げながら、環はなんてことなく言葉を続ける。

「朝起きて一緒に学校行ったり、学校行くのがいやなら一緒にサボって遊びに出かけたらいいし。それでも無理なら一緒に寝ればいいんだよ。別に真面目に生きようとしなくたって、生きてるだけでえらいって思ってもバチなんか当たらねえし」

息を吐く。そうすれば暗闇の中で生きている証《あかし》みたいに白く変化し、空へと昇っていく。環の言葉が心を灯《とも》す光をくれたみたいに、私の中に積もっていった。

「一日の始まりをすずにして、終わりをすずにできたら、俺はそれだけで今日は幸せだったな、明日《あした》もこんなふうに眠りにつきたいって思えるんだよ」

だめだと、声が聞こえる。これ以上、感情が深みにはまれば戻れなくなるよって警告音が鳴ってる。

でもどうしても、大切にしたいと私のすべてが叫んでいた。彼に触れた場所から温度を受容して、甘い痺《しび》れが生まれる。離したくなくて抱きしめる力を強くした。

他人に初めて抱く感情を声に出したら、明確な形を描いて私に勇気をくれた。

「好き」

しん、と刹那《せつな》的に音がなくなったけど、そんなの気にする暇もないくらい熱に浮かされた感情が溢《あふ》れて止まらない。

「なんか今すごく、とってもそう思った。環あったかいし、嬉《うれ》しいし、すごく好き。環が好き」

「……、」

「……あれ、私今、初めて環に好きって言った？　使い方あってる？」

「……それは人それぞれ、千差万別なので、はっきりとは言えないんですけど」

「あら」

「でも、すげー嬉しい。だから、あってる。使い方あってると思う」

自分本位に私の言葉を正解にしてくれた環が、止まっていた時間を動かした。私の背中に手を回して、ぎゅーっと強く抱き締めてくる。「もう一回言って」と甘える声に、嬉しくなって笑ってしまった。

「環、好きだよ」

「……うん」

「好きの度合いなんて、比べるもんじゃないよ。人それぞれなんだから」

「……急に諭すのやめて」

「でも環が思ってるよりもずっと、私は環を好きだよ」

「……すき」

「あはは、うん、ありがとう」

環の胸に擦り寄ったままでいれば、覚えたての違和感に気づいて耳を澄ませる。どく、どく、と確かに、確実に、鼓動を打つそれを見つけて、彼の温度で温まった体が、ひんやりとした罪悪感に撫《な》でられた。

私と同じようで、私とはまるで違う、強くて元気なその心に、私はひとつ、隠していることがある。

どうしよう、一生言えないかもしれない。

私が抱えるものを、環に告げることができないかもしれない。

どうして？　なんで？

……考えてしまった。

今夜みたいに、星はなく、月はなく、あたり全てを呑み込む暗闇はない。

でも、青い空、眩《まぶ》しい太陽があって、すべてが鮮明に映る明るい世界で、環とふたりで過ごしている一日の始まりを想像してしまった。それがすごく幸せで。

だから怖い、とてつもなく怖い。

もし告白して、今この幸せが終わっちゃったらと思うと怖くてたまらなくなった。

だって絶対に続けられるとは思えない。なぜなら、私には環とともにいられる確約した未来を、環にあげることができないからだ。

初めて出会った夜の、大切な人を失って悲しみに打ちひしがれた姿を思い出す度、早く言わなきゃ、いやもう少しだけ……永遠に選択することができない二つの決意に悩まされる自分の未来が見えた。

自分の言ったことがブーメランのように跳ね返ってくる。

私は、私の思っているよりもずっと、環が好きだ。

自覚する前に手放すべきだった、
これは後悔しない人生を目指していた私にとって、たったひとつの後悔になる。

「カラオケはいつぶり？」

「えっと……小学生のとき、お母さんとお父さんと行ったきり」

「いや、ほんと遊ばなすぎな？」

完全に未成年は出入り禁止なはずなのに、手馴《てな》れたように受付で手続きを済ませる環にもう驚きはしない。私のことばかりだけど、あなたは問題児すぎると思うよ？とツッコミたいところだったけど、挙動不審でバレたらどうしようという思いが、さらに挙動不審にさせた。

案の定、環にキョドりすぎ、と笑われる。環はなんだか楽しそうだね、と話しかければ、「いつも寒いし、それになんだかんだ二人きりになれるし」とサラッと零されて、やっと自覚した。

そっか、確かに、ひとつの部屋に環と一緒にいるというのは初めてのことだ。真夜中に会ってるから人影なんて皆無の日々を過ごしてるけど、外と内とはまた違うものがある。

「すず、マイク持って」

「う、うん」

「何飲みたい？」

「あったかい烏龍茶《ウーロンちゃ》、……あ、コーンスープも飲みたい」

「ふ、いつも飲んでんじゃん。ま、コーンスープな」

お盆に四つくらいグラスとカップを載せて、指定された部屋へと向かう。懐かしさなんて蘇《よみがえ》らないくらい昔に訪れたことのある部屋は、薄暗い空間の中に大きなテレビ画面が備え付けてあった。

上についてる大きな丸を凝視していれば、カチッと音がして急に色々な光を放ちながら回り始めたので、大袈裟《おおげさ》に驚いてしまった。環が笑ってるから環の仕業だ。でもミラーボールというやつは簡単に気分を上げていく。

「よっしゃ歌お」

「た、環、見本見せて」

「みほん～？　なんだそれ」

「だって人前で歌うのなんか初めてだし緊張する……」

「…………」

「あ、あとこんなに席広いのに、こんなくっついて歌うの普通なの？」

「普通普通。カップルはみんなくっついて歌う」

絶対普通じゃない、環は嘘をついている。

あたたかな部屋だから、いつもの雪だるまルックから解き放たれて、ニットだけの身軽な恰好《かっこう》になった私の隣に、環がくっつくように座ってくる。

すごい普通に肩に手を回して引き寄せてくるし、思わず「ちゃ、チャラい」と主張すれば、「あー？　彼女にチャラいと思われてもノーダメージ」と、確かに全くノーダメージ。

手馴れたように機械を操作して、私のボソボソとした答えを上手に聞き取って、二人で歌えるようにと今年のヒット曲を予約してくれた。存外、大きな音で流れ出す音楽にビクリと肩を揺らせば、やっぱり環が笑って、先にAメロの歌詞を歌い出す。

う、うまい……、そしてやっぱりチャラい……。

私が気に入ったと勘違いされたため、初《しょ》っ端《ぱな》から回ってるミラーボールに照らされた横顔は、今日も例外なく綺麗《きれい》で、画面に映された歌詞をなぞる瞳《ひとみ》をただぼーっと眺めていた。

「すず」

「はっ！　えっと」

「ここから歌お」

「うん、頑張る」

一人だと恥ずかしかったけど、環が一緒に歌ってくれたから、恐る恐る声を出してみた。自分の出してる声が全く聞こえなかったけど、横にいる環を見上げれば、その瞳が優しく緩んでいたからちゃんと歌えていたんだろう。

高校生のくせにカラオケの一から十まで教わるなんて、私ってどんだけ常識外れなんだ。

「いや待て、すずが思ったよりも上手《うま》すぎて引いてる」

「え?」

「ちょっとこれ一人で歌ってみ?」

「え、え、やだ」

「なんで」

「まだ一人じゃ緊張する、環と一緒じゃないとできない」

マイクをぎゅうと握りしめながら必死で頼めば、環がすごく不思議な顔をした。目をつぶり神妙な面持ちで黙り込むから、あ、また私環のツボなこと言ったのかも、と思った。やがて低い声で「そのあざといのわざと?」と聞いてくる。どうやら正解のようだ。

「もはや母性なのかもしれない……このときめきは」

「私はカラオケ来てから環お母さんみたいだなって思ってる」

「やめなさいよ」

「分かった、あと三曲、あと三曲一緒に歌ってくれたら独り立ちするから」

「それはそれで悲しい……」

なんだかんだ言いつつ三曲付き合ってくれた。全部歌い終わる頃にはだいぶ緊張も解《ほぐ》れて、カラオケの醍醐味《だいごみ》をひしひしと感じるくらいには楽しくなってきた。稀《まれ》に見る私の高いテンションに、環は時折目を丸くして驚いている。

「すずってそんなおっきい声出せたの？」

「そうみたい。すごい楽しい」

「楽しい？」

「うん！　踊り出しそう」

「なにそれ踊って」

最近はまっているアイドルの曲に合わせて踊れば、環が愉快そうにスマホを向けてくる。それはいかん、と慌てて環に近づいてスマホを強奪しようと手を伸ばす。

「だめ、消して、さすがに恥ずかしいから」

「なんで、かわいいよ、俺しか見ないし」

「でも、」

「すず」

ぽいっと環がスマホをソファの端っこに放り投げる。あれ、と視線を動かしてそれから環を見つめれば、自然と彼に乗り上げた体勢の私の腰に、環の腕が回った。う、ごけない。

「近いね」

言葉通り、限りなくゼロに近い距離で、環の瞳が瞬いた。がっちり固定された力に、反抗しようとしても不可能に近かった。

金色の髪越しに見える眼差《まなざ》しが、熱を帯びた。

伸びる手が優しく頬を撫《な》でていく度、上気して熱くなっていく。なるほど、ひとつの部屋で二人っきりって、こういうことを言うんだって、分かった頃には環に頭を引き寄せられていた。

「……、ん、」

何も決まってないのに何か言おうとした唇が簡単に塞《ふさ》がれたから、中途半端に零《こぼ》れ落ちる声に、恥ずかしくて目をつぶってしまった。私の反応を見たからか、環の唇が柔く甘噛《あまが》みしてくる。

まだ息の仕方も覚えていないから、緊張と不慣れさで苦しくて涙が浮かんでくる。どう動かせばいいの、分からない、戸惑いが手に直結して思わず環の服を握れば、一瞬名残惜しく唇が離れていく。

はあ、と熱い吐息が漏れた時、甘やかに染まった自分の声にひどく狼狽《ろうばい》した。ぼんやりしながら環を見つめれば、さっきよりも何倍も熱っぽい眼差しを落としながら、私の唇を指でなぞる。

「……やだった？」

「……や、じゃない、けど、わかんない」

「じゃあ覚えて」

「……む、むり」

「なんでだよ」

「だって、……恥ずかしすぎて死にそうだもん」

「ほんとだ、顔真っ赤」

熱くなった頬を擦《さす》られて、瞳を甘やかに細められた。艶《つや》っぽい眼差しと近い距離に、心臓が限界突破するくらいはやくなっていく。

「俺はお母さんじゃないよ、すずちゃん」

「分かってるよ……」

不貞腐《ふてくさ》れたように返してしまう、まるで子どもだ。

経験豊富な玄人と、不慣れな初心者とじゃ勝負にならないしお話にもならない。余裕がなくいっぱいいっぱいな私に、環が最後に可愛らしく頬にキスを落としてから、上機嫌で見上げてくる。

「かわいい」

砂糖を煮詰めたみたいな甘すぎる声で、囁《ささや》かれたら降参だ。色々と諦《あきら》めて、未《いま》だに頬に触れる環の手をきゅっと握る。

「……カラオケってこういうことする場所じゃないよね？」

「もちろん、歌うとこ」

「だ、誰にも見られてないよね？」

「さっきも言ったじゃん、俺しか見てない」

「あつい……」

「温度下げる？」

「ううん……」

――抱きしめて欲しい。

ねだれば、目を丸くした環がいたから、自分から手を伸ばした。

環の心臓の音を聞くのは、正直怖い。

でも一度耳に触れたその音は、手放せない余韻というものを私に植え付けた。

呼応して、連動して、同じになればいいのに。

そしたら私は、ずっと環と一緒にいられるのにな。

5．長夜蜜月

慣れ親しんだ、いや、親しみなんて抱くことは生涯かけてもない。久しぶりに朝目覚めても、雲ひとつない青空を仰いでも、眩《まぶ》しい陽の光に目を細めても、決して心が晴れることはなかった。

随分昔に朝を捨てた私にとって、新しい一日が始まるその瞬間は、息苦しく立っているのもやっとだ。それなら一日の終わりを教えてくれる、何もかもを隠してくれる夜の闇の中の方が、ずっと生きやすかった。

未来を予言されるのはいつもここからだった。どうしようもない人生の終わりを、生きながらも鮮明に想像するのも、いつもここからだった。

だから好きにはなれない、でも目をつぶっても感じることの出来る、まっさらで真っ白な潔く清いその場所で。

皮肉なことに、私は一番、まだ生きていると実感することが出来る。

「七崎すずさん」

「……はい」

名前を呼ばれると死の宣告を受けた感覚に陥るけど、そう感じた瞬間自嘲《じちよう》気味な笑みが浮かぶ。

そうだった、死の宣告などとっくの昔にされている。

なんなら今、死んだように静まり返った心臓で、呼吸しているのが不思議なくらいだ。それでも生きているのだから、立ち上がらなければならない。

歩き出さなければならない。

だってまだ、私の心臓は動いているのだから。

「――ねむい？」

風船が破裂したような感覚で、朧気《おぼろげ》だった意識が引きずり戻される。重い瞼《まぶた》をなんとか上げたまま、ぼんやり隣に視線を向ければ、キラキラ光る髪の毛の隙間から、ビー玉みたいな目がこちらを覗《のぞ》き込んできた。

「……わたし、ねてた？」

「いや寝るまではいかないけど、すっげー寝そうになってた。何度か頭が落ちそうになってた」

「……ごめん、なさい。今日、朝用事があったからあんまり寝てなくて」

「まじ？　昨日言ってくれればよかったのに」

「だって、思い出したくなかったんだもん……あんまり楽しい用事じゃなかったから……」

　ぐずるように言い訳をすれば、環は少し考えてから手を伸ばしてきた。相変わらず温かい手が、冷えきった頬を包み込み、それから軽い圧をかけて頬を潰《つぶ》してくる。特に抵抗することなく上目で見れば、私の頬をふにふに触りながら、「なんかよく分かんねえけど、」と低い声が降り注いだ。

「偉いじゃん。頑張ったな」

　――ああ、好きだ、
　と唐突に浮かんで弾《はじ》けた。

「……ふ、なんのことか何一つ言ってないのに褒めてくれるの？」

「すずがそう言うなら本当に楽しくないことなんだろうなー、と」

「…………」

「わりと頑固だから嫌なことは嫌って言うじゃん。それでも我慢したってことは、相当頑張ったんだろうなって」

「……うん」

「当ててやろうか？　膨大に出された課題を提出しに学校へ行った」

「……ふふ、違います」

「はー？　じゃあ、なんだ……、あ、部屋の掃除しろってお母さんに怒られた」

「急に雑になるじゃんね」

「すず、意外に部屋汚そう」

「綺麗《きれい》だよ。絶対環の方が汚い」

言葉を発して、彼から返ってくる度、氷のように冷たくなっていた心臓が、どくどくと巡り出す。熱い血が身体中に行き渡って、やっと体の力が抜けた。

私の頬を弄《いじ》る環の手を外して、そのまま背後に回すように誘導し、自分は環の体に抱きついた。あったかくていい匂いで、もう癖になっている、胸に耳を押し当てる動作を行えば、相変わらず元気に心臓が動いていた。

すーはー、とその場所で深呼吸をすると、「なに甘えてんのかわいい」と真剣に呟《つぶや》いた環が、お返しのように抱き締めてくる。だからそれこそ甘えるみたいに環に向かって無意識に口に出してしまっていた。

「今日の朝、環がいてくれたらもっと頑張れたのになあ」

しばらく環は黙ったまま、赤ちゃんをあやすように私を軽く揺らした。そして私の頭に顎《あご》を乗せてぐりぐりしてくる。

「いたい」

「…………、なー、すず」

「なあに？」

「俺さあ、もっとすずと一緒にいたいんだけど」

「え？」

「例えばもっと早い時間に集合して、夕飯一緒に食うとか」

「あ、うん、夕方からとかなら全然」

「……あとさー」

ぐりぐり、ひたすら刺激される頭皮がくすぐったくて、顔を上げたくて環の腕をちょっと引っ張ったら、ぐりぐりはやめてくれたけど顔は上げさせてくれなかった。

少しの間に違和感を感じる前に、ぽつりと環の声が落ちる。

「……泊まりとか、ありですか」

流れで、うん、と言ってしまいそうになって、ギリギリのところで止《とど》まった。そして、軽やかなリズムを刻んでいた鼓動が少し速くなった気がして、さすがに顔を上げたら今度はすんなり解放してくれた。

……泊まるということは、どこに？

「俺ん家《ち》、離婚でごたついてたんだけどやっと落ち着いたから。母親が出てくことになって、ちょうど父親は出張になったから期間限定一人暮らし」

口に出したつもりはなかったけど、環に説明されてやっと頷《うなず》いた。それでも何も言わずじっと彼を見つめ続ける私に痺《しび》れを切らしたのか、「だから、来ませんか、うちに」、とやけにゆっくりと尋ねられる。

環と一緒に過ごせるのは、大体二、三時間くらいだった。それでもひとりでお散歩していた頃よりだいぶ外出時間は長くなっている。

もっと一緒にいたいと言ってくれた気持ちはすごく嬉《うれ》しいし、私だって激しく同意したい。

でも、私は基本的に外泊は禁止されている。

理由はひとつだけだけど。

「……お泊まりはむずかしい」

消えかけのか細い声を、やっとの思いで絞り出した。

少しの間のあと、「そ、じゃあ仕方ないな」と軽やかな環の声が聞こえたけど、悔しすぎて黙ってしまう。そんな自分に、ああ、私相当行きたかったんだって実感する。

「……ごめん」

「いや、悲しい顔しすぎだろ。俺よりすずが落ち込んでどうする」

「だって、私も一緒にいたかったんだもん……」

「……そうですか」

「環とずっと一緒にいたい」

自分で断ったくせに、ぐずぐずと諦《あきら》めの悪い言葉を続けてしまう。すると環が首を傾げながら、「だから普通に遊びに来ればよくね？」と提案してきた。

「遊びに……？」

「うん。夜ご飯一緒に食べて家でゆっくりして、いつも通り夜明け前には帰すし。それだったらおっけー？」

「お、おっけー」

「よし、決まり」

ぐしゃぐしゃと髪の毛を撫《な》でられたあと、滑り落ちた指が瞼を優しくなぞった。軽く触れる肌と爪の温度は違くて、その曖昧《あいまい》な境界線が細かに感じられるくらい、私の全ての感覚は目の前の彼に攫《さら》われていた。

「泣きそうになってる。そんなに俺のこと好き？」

好き、大好き。

言葉にするのはまだ慣れない。だから声を失ったかのように、唇を寒さの中震えながら動かした。そんな私を見つめていた環は、再び顎に指を触れさせて、口を薄く開いたまま近づいてくる。それがキスの合図だと分かって、目をつぶった私に振り落ちる甘やかな声。

「嘘だね、俺の方が絶対好き」

知ってる？　私ね、環と出会ってから寒いって思ったことないの。

不思議だよね。

★☾.☆

「すず、このお菓子も持ってったら⁉」

「お母さん……」

「三隈くんママからもらったのよ！　美味《おい》しいからお友達と食べて⁉　あとお母さんが趣味でつけてる梅干しも！　昨日の晩御飯のぶり大根もちょうど味が染みて……」

「大丈夫だよ、ごはんは一緒に作る予定だし」

「それが心配なの〜！　すず料理しないじゃない？　失敗した時の代替で、」

「……行ってきます」

私以上にはしゃいじゃってるお母さんに背を向けて靴を履き始めると、「ごめんってすず〜」と追いかけてくる。

「環くんによろしくね。挨拶《あいさつ》したいって言ってくれたのに用事があるから会えなくて

「うん、……………、はあ、なんか涙出てきた」

「……どうして？」

「どうしてって、決まってるじゃない」

急にはなを啜《すす》り出したお母さんにびっくりして動きが止まる。目を潤ませて、玄関に置いてあるティッシュに手を伸ばしたお母さんはそれではなをかんだあと、私をじっと見つめて手を伸ばしてきた。

あたたかな温《ぬく》もりに包まれる。

生まれた時からずっとそばにあるもの。

「すずが、幸せそうだから」

いつも、こんな時に思う。

お母さん、丈夫で生まれて来られなくて、ごめんね。

普通のことで泣かせちゃうような、娘でごめんって。

ごめんなさいって」

「……今度おうちに連れてくるね」

★☾・☆

「……環は料理するの？」

「あー、腹減ったときくらい？　適当に作るけど」

「……ふーん」

「すずはしなそう」

「…………」

完全に当てられて無言で膨れれば、「拗《す》ねんなって」と環が頬をつまんでくる。その手を振り払って食材を手に取りカゴに突っ込んだ。

今は夕飯の買い出しにスーパーへやってきている。迷いなく進んでいく環の様子から予想はしてたけど、やっぱり私より家事スキルが高そうだ。

お母さんとの会話も相まって少し不安になってきた。

「とは言っても今日は鍋《なべ》じゃん。切ってぶち込むだけだから」

「……包丁持ったことない」

「は？　持たせねえけど。危ないから」

「私だって切る事くらいできるもん」

「だめ。怪我して欲しくない」

「過保護なお母さんじゃん」

「今回ばかりはお母さんでも構わん。切る係は俺ね」

「……私は？」

「俺の近くに立って俺を癒《いや》す係」

何その係、戦力外通告じゃなくて？

私のじとっとした視線を華麗に無視して、「何鍋がいい？」と聞いてくる環の横顔から、鍋の素が並べられたコーナーに目を向ける。

「……すき焼き、おいしそう」

「じゃあすき焼きにしよ」

「いいの？　キムチとかもあるよ」

「キムチだとキスするとき匂い気になるじゃん」

「……キスする前提なの？」

「前提なの」

「歯磨きすればいいよ」

「歯ブラシも買っとくか」

結局選べなくてキムチ鍋の素とすき焼きのたれを買った。もし使えなかったら次遊びに来た時に食べようね、と当たり前に次の約束をできることが嬉《うれ》しい。

食後のデザートにアイスも買って、その他気になったものに手をつけていれば思ったよりも大量になった。持参してきた買い物袋に、環とあーだこーだ言いながら購入品を詰め込むだけなのに、いちいち楽しいから困る。

「じゃ、行きますか」

「うん」

「迷子にならないように手繋《つな》いで」

「……ならないもん。でも手は繋ぐ」

ぎゅっと握りしめたその手は今日もあたたかった。そっと見上げれば、環のビー玉みたいな瞳《ひとみ》と目が合う。

夜はまだ更けてないのに、冬の夕方は既に太陽が落ちきっていた。それでもいつもの逢瀬《おうせ》時とは違う新鮮な気持ちになれるのはなぜだろう。

今日は今までの中で一番、環と過ごす時間が長いのだと思うと、心の内側からじんわり染み出した嬉しさが、体全体に行き渡った。無意識に繋いだ手を強弱つけて握っていたからか、環に「浮かれてんなー」とバレていて、それもまた恥ずかしい。

夜明けまで二人っきりか、二人っきり……、になるのは、この前のカラオケぶりか。

ふと思い出す、いつもと違う密着度合いと、いつもより濃厚だったキスを思い出して、妙に体の温度が上がった。

もしかして今日もああいうことするのかな、いやするよね、ちょっとは。

色々と含めた眼差《まなざ》しを環に送っても、今日もかっこいい顔で首を傾げられるだけだった。なんでもない、と首を振り、再び手を強く握ったり弱くしたりすることに勤《いそ》しんだ。

「……お邪魔します」

「どうぞ」

学校を中心に考えたら私の家と反対方向にある環の家周辺の道は、ほとんど歩いたこともなかったから新鮮だった。歩きながら「あれは……」と色々話してくれる環の声を、うんうん頷《うなず》きながら聞いてるのも楽しかった。

家までの道のりを覚えようと必死でいたら、途中急に環がキスしてきたのでびっくりした。固まる私に「だっていちいち反応が可愛いから」と飄々《ひょうひょう》と言い放つので反応に困る。

なんやかんやありながらたどり着いたマンションの、505号室。そこが環が衣食住する家。

一軒家の私の家とはまた違う間取りと、軽い緊張とで、最初の挨拶からは言葉を発せず、ただ案内されるがまま部屋に入り見回した。思っていたよりもずっと綺麗《きれい》に整《せい》頓《とん》されていて、そこはかとなく感じる生活感にやっと肩の力を抜いた。

「どう？」

「……環の匂いがする」

「なんだそれ」

「来られて嬉しい。ここに環は住んでるんだね」

外と中の寒暖差で少し火照った頬に手を当てながら、はあ、と息をつけば、食材を諸々《もろもろ》冷蔵庫に入れてくれた環が近づいてくる。

「着いた早々がっつきすぎだけど」

「え、」

「ちょっと、触らせて」

「たま、……わっ、」

頭を撫《な》でられていたと思えば、そのまま滑り落ちた手に強く抱き締められた。

さっきまで外気に晒《さら》されて冷えきっていた体が、同じように冷えている環の体にすっぽり包まれる。二人の温度が同じになっていく心地よさを感じるまで、そう時間はかからなかった。

「……やっぱりこの部屋環の匂いがするよ。本物を嗅《か》いで確信した」

「はは、こっそり確認してんなよ。俺も嗅いどこ」

「や、やめてやめて」

「…………」

「ひゃ、首なめないで！」

急に首に艶《なまめ》かしい感触を感じたので大袈裟《おおげさ》に震えれば、環が楽しそうに笑い声をこぼした。

体を解放されて真っ赤な顔で睨《にら》んでも、機嫌良さそうにおでこにキスを落とされて、再びぎゅうぎゅう抱きしめられるから、反抗する気もなくなった。そのまま抱きしめられたままずるずると洗面所の方に連れていかれる。

手を洗ってる時ですらくっついてくるから、なんかもう、ずっと心臓が落ち着かなくてダメだと思う。

「俺の家にすずがいるのが嬉しすぎてテンションバグってる」

「ごはん食べ終わったら触りまくっていい？」

「……浮かれぽんち」

「や、やだ、すけべ」

「すけべじゃない、愛《め》でてんの」

とりあえず浮かれぽんちですけべな環は、私を自分の隣に置いて、きびきびと夕飯の準備をし始めた。

手馴《てな》れている動作にうずうずして、「私も切っていい？」と聞いても、「だめ」と否定の言葉しかくれない。辛うじて任命されたのは野菜を洗う係で納得いかない。

「すず好き嫌いある？」

「ないよ。なんでも食べられる」

「飲み物は？　冷蔵庫の中にグレープフルーツかグレープのジュースある」

「どっちも飲め、」

る、と言いかけて口を閉ざす。

……グレープフルーツジュースはダメだ。

飲んでる降圧薬と相性が悪いって散々言われている。

「……グレープにする」

「おっけ」

「……環、私ちょっと洗面所借りるね」

「分かった」

背を向けたままの環に目を向けながら、そっとリビングを抜け出した。そして鞄《かばん》の中から小さなポーチと飲みかけのペットボトルを取り出し、洗面所へ向かう。

いつもはご飯の後に飲んでるけど、タイミングが見つからなかったら困るから、今飲んでしまおう。

タブレットケースを傾ければ、様々な色の錠剤が転がり落ちてきた。手のひらで小さく冷たく存在するそれを見下ろして、私の命を繋ぐものはこんなものなのか、と白けた気持ちになることがある。

定期薬四種類、発作時の頓服薬《とんぷく》一種類。名前も種類も、用法用量効能効果も詳しく言える。何年も体内に入れているものだし、何か違うことで病院にかかったときに報告する必要があるから。

ぐいっ、と一気に口に含み、水で流し込んだ。手馴れたように動く喉《のど》を伝って、お腹に落ちたそれはやがて溶けて吸収され、私の心臓をまるで健常者だと錯覚させ動かしてくれる。

お願いだから今日だけは何事もなく終わって欲しい。何に願ってるのかと問われれば、一度も信じたことのない神様に、と。

そっと台所に戻れば、既に野菜を切り終わった環がお鍋《なべ》に具材を入れていた。刃物を扱ってないことを確認して、その背中におそるおそる擦り寄る。

「……すず？」

「…………」

「え、なに、くっついてんのかわいい、俺へのご褒美？」

「……準備してくれてありがと」

「お腹すいた？」

「すいた。私お皿運ぶ」

「うん、よろしく」

最後にすん、と環を吸ってから離れれば、環が不思議そうに首を傾げた。傾げながらもまるでそうするのが自然であるかのように、私の頭を優しく撫でてくれる。

「すず」、と低くて大好きな声が、欲しい時に名前を呼んでくれた。私は少し我儘《わがまま》になりすぎてるのかもしれない、貪欲《どんよく》に向かっているのかもしれない。

忘れちゃいけない、油断したらきっと、この瞬間の幸せはとても簡単に手のひらからこぼれ落ちてしまう。

一緒に食べたすき焼きは、お母さんには申し訳ないけど、今まで食べた中で一番美《お》味《い》しかった。環は私の倍くらい食べてご飯もおかわりしてて、男の子ってこんなに食べるんだってびっくりした。

ふと、見たら、環もグレープジュースを飲んでいた。今日は私の選ばなかった方じゃないんだと思った。でも珍しく同じそれが、今日だけはどうにも、嬉《うれ》しかった。

「これを着て欲しい」

ご飯を食べ終わって、後片付けもして、さあくつろごうかという時に、環が渡してくる。

大きめのパーカーに、ズボン。何も分からないまま見上げれば、「その恰好《かっこう》より楽だと思う」と言ってくるけど、目力強い気がするのは気のせい？

「ありがとう……でも環のだと大きすぎると思う」

「それがいいんじゃん」

「？　似合わないと思う」

「似合わないとかない。あのね、はっきり言いますけど、すずに俺の服着て欲しいんです」

「どうして？」

「ぶかぶかしてて可愛いかなって思って」

「……、可愛いのかな？　よく分からないけど環が喜ぶなら着てくる」

「天使だね君は」

「その言い方されると、気持ち悪い」

　さすがにそれは傷つくだろ、となんか言ってる環に背を向けて別の部屋に入って、ほぼ時間をかけずに出てきたら、早すぎて目を丸くされた。予想通りぶかぶかで、裾《すそ》を踏まないように持ち上げながら環に近づけば、なんだか嬉しそうににこにこしていた。

「やっぱり大きいよ」

「やっぱり可愛いな」

「環って大きいんだね、あと環の匂いがすごいする」

「嗅ぐとか恥ずかしいからやめて」

「……満足した？」

「うん。こっちきて」

ソファに座る環に近づけば、手を引かれて彼の足の間に誘導された。え、と戸惑う前に後ろから伸びてきた腕にすっぽり収まる。

いわゆる後ろから抱きしめられている状態をちゃんと理解する前に、ぶかぶかで袖《そで》口《ぐち》から指くらいしか覗《のぞ》いてない私の手に触れて、指を絡めてきゅっと繋《つな》いできた。

そこでやっと、自分と、環の、近すぎる距離を認識して、環に触れている背中が心臓になったみたいに鼓動が速くなっていく。

「ち、ちかい……」

「すず、ちっこい」

「環、あの、」

「テレビでも見よ」

「う、うん、えっと、このままで？」

「うん」

「…………」

環の返事を聞いて、思わず体を縮こまらせてしまった。そんな私に気づいてるのか気づいてないのか、私と手を繋いでる手と別の手で環がリモコンを操作する。

「このバラエティ面白いんだよな。すず知ってる？」

「たまに、ご飯食べながら、見る」

「そ。お、今日運動できないやつだって」

「私それ大好き」

「俺も」

とくとく、心地よいリズムの拍動とともにじんわりと広がっていく温《ぬく》もりを感じながら、テレビに夢中になっていたら、いつしか体の力も解《ほぐ》れていった。

まるでそれが当たり前であるかのように、溶け合う二人の空気が心地よかった。テレビの内容で環が笑って、その振動が伝わってくるのも、擽《くすぐ》ったい感じがして、今、ものすごく幸せかも、と漠然と思う。かも、じゃなくて、幸せだ。なんだか心がぽかぽかする。

「はー、めっちゃ笑った」

「ね、面白かったね」

「次何見る？　一応録画してる映画とかあるけど」

「環がいつも何見てるのか知りたい」

「あー、何あったっけ」

机にあるリモコンに手を伸ばすために、環が前のめりになる。そうしたら自然と潰《つぶ》されるみたいになって思わず唸《うな》ったら、それが面白かったみたいでますます体重をかけてきた。

「う、くるしい……」

「たまに抱きしめたら折れちゃうんじゃないかってビビるから、すずはもっと太ったほうがいいよ」

「さすがに折れないよ、そんなにか弱くないも、……」

振り返った先に、想像していたよりもずっと近くにあったその双眸《そうぼう》に、思わず言葉が途切れてしまう。いつも外で見つめているのとはまた違う、室内の光の中で見る環の瞳《ひとみ》は静かな色を灯《とも》していた。

「……ほんとに？」

零《こぼ》された声の艶《つや》やかさの度合いが変わった。私の髪を耳にかけながら薄く笑う環は、さっきまでの無邪気さが消えたように、大人っぽく見えた。

男の人、が全面に現れていて、うん、と辛うじて頷《うなず》く頃には、音もなく距離が消えていた。柔らかく触れる唇の感触は、もう十分に私の記憶に刻まれている。

抱きしめる力が強くなるから、私も環の腕にしがみついてしまう。頭の後ろに伸びた手が、さらにキスを深めるように引き寄せていく。

「……、っ、」

「……すず、くちあけて」

「………」

「そう、じょーず」

環にキスをされていると、訳が分からなくなって正常な判断がつかなくなってしまう。柔らかくて熱くて気持ちよくて、溶けてしまいそうな中、鼓膜を撫《な》でるように声が滑り込んでくれば、なんでも言う通りに動いてしまう。

細められた視線が私を観察するように向けられるから、耐えられずこっちが目をつぶって逃げた。

息をするのは初めの頃よりも上手になった。でも酸素を求めて開く口から漏れる、自分のものとは思えない甘い声にはまだ慣れない。戸惑って潤んだ目を向ければ、気づかないうちに熱っぽくなった眼差しが私を射貫《いぬ》くから、背中をゾクゾクとした何かが駆けた。

不意に服の裾から環の手が入り込んで、お腹の辺りを撫でてきたから、びっくりしてしまった。

「……ぁ、」

擽ったいのと恥ずかしいので、でもなんでか抵抗ができなくて、ひたすら腰の線をなぞっていくその手に、大袈裟《おおげさ》に反応してしまう。堪《たま》らず零れ落ちた吐息の熱さを食べるように、さらに深いキスが降ってくる。

上ってきた手が背中を滑って、下着に潜り込んだ指が肌をかり、とかいたとき、ビクッと体が跳ねた。粘着質な音を立てながら離れた唇を追いかけて、燃えそうな熱い顔で縋《すが》るように環を見つめた。

「……やだ？」

じんわり、滲《にじ》んでしまった涙を拭《ぬぐ》ってくれる環は、情欲に満ちた眼差《まなざ》しをくれる。きらきらというより爛々《らんらん》と、呑《の》まれそうになりながら痛いほど分かった。

私を欲しいと思ってくれている。

私だけを、求めてくれている。

「やだ、じゃない……」

ぽつりと放った言葉でどうなるか分からなかったわけじゃない。でも、絡み合う熱量の中で、抗《あらが》うほど純情でもなかった。

「……俺はすずの怖がることはしたくない」

指が動く、肌を蹂躙《じゅうりん》するように。

は、と零れ落ちた熱い吐息に、環がまた唇を重ねて私を至近距離で射貫いたあと、何かを我慢するかのように抱きよせて、耳元で囁《ささや》いた。

「……でも、声が可愛すぎて、もっと聞きたい」

弱々しい声だった。そっと顔を動かすと隠すように私の肩に顔を埋めてしまってその表情は見えなかった。でも、金色の髪から覗く耳が真っ赤に染まっていて胸がきゅうっと締めつけられる。

可愛い、と男の人に初めて思う感情が心を巡り出す。

どうしよう、愛《いと》おしい、

こんなの初めてでどうしていいか分からない。

環、と試しに呼んでみる。なのに全然応《こた》えてくれなくて、返事の代わりに強く抱き締められた。

どくどく、と速くなっていく鼓動に、彼の欲望と理性の葛藤《かっとう》とがせめぎ合う中に引きずり込まれた。飛び込んだら多分逃げれない、でもさっき聞いたように、環は私の怖がることは絶対にしないんだろう。たとえ理性より本能が勝っても、絶対。

一瞬躊躇《ためら》って、でも突き動かされるままに、すぐ近くの環の耳に唇を触れてみた。

ぴくり、と彼の体が僅《わず》かに揺れた。

衣擦《きぬず》れの音がして、ゆっくりと瞳が現れた。うっすら潤んで透けそうな儚《はかな》い色が、欲望で揺らめいていた。熱がうつったんじゃないかと錯覚しながら、零れた上擦った声が、あんまり甘くて震える。

目を丸くする環に手を伸ばして、ぎゅっと抱きつく。

「環、すき」

私のあげられるものなら全部あげたい。

それで喜んでくれるならいくらでも。

でも見せてくれた気遣いが嬉《うれ》しかったから、「ちょっとだけならいいよ」、なんて、なんとも中途半端で曖昧《あいまい》な返事をしてしまう。

私の言葉にしばし沈黙した環は、私を見つめながら徐々に体重をかけてくる。ソファが背中について、見上げた先に零れ落ちてくるような煌《きら》めきがあった。美しく整ったその顔が、私のせいで迷う素振りを見せていることに、言いようもない高揚感を得る。

「ちょっと？」

「うん」

「……分かった」

掠《かす》れた声が落ちてくるのと一緒に、環が覆い被《かぶ》さってくる。首元に顔を埋めて、当たる吐息が擽ったくて身をよじれば、ぺろりと軽く舐《な》められた。

「ひゃ、」

思わず出た声を皮切りに、環が動き出す。服の中で止まっていた手が、擽ったさの中に隠れた快楽を探ろうと肌をなぞる。同時にちくりと甘い刺激が何回も襲ってきて、ぞわぞわと全身が粟立《あわだ》つようだった。

歯を当てられた、と理解しては、今度は器用に指が締めつけを緩める、と、次々と降りかかるイベントに、追いつけない。無意識に漏れる声が女の人すぎて恥ずかしくてたまらなかった。

鎖骨を嚙《か》んでからそこを労《いた》わるように舐めた環は、ゆっくりと顔を上げて私の顔を覗《のぞ》き込む。息も絶え絶えで必死な私のおでこに軽くキスを落とし、そのまま限りなく近い距離で見つめながら、手を上昇させていく。

目的が分かってしまったから、全身に力が入ってしまった。思わず環の腕を阻止するように握っても、止まってくれない手が既に緩んでいた布に入り込んだ。大きな手が膨らみを覆った時、耐えられなくて目をつぶる。

私の肌ってこんな柔らかかったんだと、ここで理解するほど容易《たやす》く環の指が沈んでいく。恥ずかしくて堪らなくてギブアップの声を出そうとした時、環が優しすぎる声で囁いた。

「すずの心臓、すげードキドキいってる」

ぽろり、と涙がこぼれた。

死ぬほど静かに、確実に、頰を伝っていった。

怖いでも不安でもない、緊張によるものでもない。だったらなぜ、涙なんて生まれたんだ。

その理由が分かるのは、私だけだった。

私が泣くのを見つめていた環は、そっとそこから手を外す。丁寧に下着をつけて、衣類を整えてくれて、ぐいっと私を抱き起こしそのまま温《ぬく》もりに包んでくれた。

「〝ちょっと〟、終わりな」

うん、と、か細い声で返事をして、お返しのように環を抱きしめ返した。

何か、言おうとしたのに言葉が出ない私をあやすように、ぽんぽんと大きな手が優しく背中を撫でる。

「大丈夫、別にすずが、俺の事怖いとか嫌いとか、思ったから泣いたんじゃないってこと分かってるし」

「……っ、うん」

「そんなの、顔見れば分かるよ。でもなんでかって聞かれたら上手《うま》く答えられないけど、なんか込み上げたんだろ、多分。緊張みたいな、……合ってる？」

「……、ん、合ってる」

――ほんとは微妙に違うんだよ。

あのね、環に、世界で一番嫌いなものに一番近い場所を触れられた時、私は少し感動したの。

環が、私の心臓がちゃんと動いてるって言ってくれた時、思わず込み上げて泣いちゃったの。

私は、ちゃんと生きて、あなたに触れられているんだって。

死に損ないの私の心は、ちゃんとあなたに反応してくれるんだって。

分かったから、驚いて、嬉しくて、幸せで、泣いちゃった。

多分言っても分からないよね、だって私が一番よく分かってない。

でもそれまでずっと暗かった私の視界に、光が降り注いだ気がした。冷たかった心が温かさで溶けていくように。

この人と繋《つな》がりたい。

他人をそんな風に想えたのも、宝物みたいな環のおかげなんだよ。

6. 泡沫流星

「環はどんな子どもだった?」

初めて好きな人の部屋に入った。

昨日一生懸命掃除したらしいので、想像よりもずっと綺麗《きれい》に片付けられた環の部屋は、リビングよりも環の匂いがした。漫画がたくさん置いてあったり、ゲーム機が転がってたり、男の子って感じの部屋が新鮮で、興味深く探索する私の後ろを環がずっとくっついていた。変なものを見つけられないようにするためらしい。

あの後、ベッドでごろごろしながら環のアルバムを見せてもらった。小さい頃の環は女の子みたいに可愛くて可愛くて、いつまででも見てられた。小学校くらいにはもう完成されていたルックスだったから、さぞかしモテたんだろうと容易に想像出来る。

「手が付けられないほど反抗的。母親に常に怒鳴られてたな」

「こんなに顔可愛いのに……」

「多分それもある。母親、女の子ども欲しかったみたいだから、たまに可愛い恰好《かっこう》させられた。むかついて写真は全部捨てたけど」

「見たかった……」

「この時はまだ家族だったたな」

その言葉に視線を向ければ、静かにアルバムに目を落とす横顔があった。何を考えているのか摑《つか》めない眼差《まなざ》しを見ながら、彼の両親がつい最近離婚したことを思い出す。

「俺でも分かるくらい育児に向いてない人だったからな。女捨てきれなくて、家族より自分の人生優先したかったんだと思う」

「……お母さんのこと嫌い？」

「嫌い？　んー、よく分からん、嫌いでも好きでもない」

「…………」

「でも未成年のうちなら収入安定しててうるせえこと言ってこない親父についてったほうが楽だと思った」

「…………」

「こういう打算的なところが可愛くなかったんだろうな」

自嘲《じちょう》気味に笑う環から逸《そ》らした目を伏せて、そして何も言わずに彼に寄り添った。

しばらく無言の後、私の肩を引き寄せながら、「すずみたいな子どもだったら絶対手放さない。可愛いから」と無邪気に言ってくる。

「そんなことないよ、私は暗くて地味な子どもだよ……。小さい頃から友達作るの下手くそで砂場でずっとひとりで砂いじってたし」

「くら」

「よくひとりで妄想してるのが好きだった」

「あ、だから今もたまに考え込む瞬間ある？」

「えっ」

「なんか上向いてぼーっとしてる時あるから、こいつ何考えてんだろーって」

「うそっ」

ぼーっとしている私の真似をする環を見て、とても焦った。無意識だった、全然知らなかった。そもそも他人の前で気を抜くってことが環が初めてだったから、指摘されることもなかった。

恥ずかしくて顔を赤くしながらあわあわしていれば、環が面白がって顔を覗き込んでくる。身を捩《よじ》って逃げようとしてもますます抱きすくめてくるから勘弁して欲しい。

「恥ずかしい、もう、やめる……」

「やめれねえよ、だって明らかに無意識にやってたし」

「………」

「いつも何考えてんの？」

「…………」

「ねえねえ」

「……いわない」

まあ、十中八九、環のことだろう。でもそのことを告げるのは、目の前でにやにや細まる瞳《ひとみ》に対してむかつきすぎるのでやめた。絶対調子に乗るし。

んー、とキスしてこようとする環の顔を、いやいやと手で押しやりながら、アルバムの中で気になった写真について聞いてみる。

「この、何枚か一緒に写ってる子って、環の好きだった人？」

すると、揶揄《からか》う態度がなくなって、少しだけ気まずそうな表情が浮かんだ。どうしてそんな顔するのかよく分からなくて首を傾げると、おもむろに動いた環が私の視界からその写真を隠すようにページを捲《めく》る。

「いや、普通に彼女の前でほかの女の話すんのは、微妙すぎるだろ」

「そうなの？」

「……多分、普通は」

「でも環、大事にしてたから」

「…………」

「今も、大事な思い出として、こうやってアルバムみたいに残してるんだって、初めて会った日にわかったから。だから別に、嫌な気持ちになったりヤキモチ妬《や》いたりとかは、ないよ」

　環が捲ってしまったページをわざわざ戻そうとは思わない。一瞬だけ残った残像を思い浮かべながら、終わってしまったページを懐かしむようにアルバムに目を通す。

「どんな人だった？」

「……うるさくてうざいやつだった」

「女の子にその言い方はよくないね」

「女としてなんか見てなかった。それくらい、男勝りでぶっ飛んだ女だった」

「…………」

「だから特別だって気づいたのも死んでからだったし、もっと言いたいことやしたいことがあって、あいつに伝えたいことがたくさんあったことも、気づいたのは死んでからだったし」

「……うん」

「時間がだいぶ経ったから未練とかない。でもたまに思い返して感傷に浸ることはある。まじで身近なやつが死ぬの、あいつが初めてだったから、衝撃が強くて一生忘れられないと思う」

「うん、私も環だったら、そう思う」

そしてそれが羨《うらや》ましいと思う。

同時に、考えちゃいけないと閉じ込めていた望みが、頭の中に降ってくる。

環、私が死んでも、一生覚えててくれる？

「…………」

さすがに、そんなこと、言えるわけないので。

「やだな」

ぽつりと零《こぼ》れた声に、ぱっと顔を上げた。

「生きてる限り、仕方ないことなんだろうけど」

開かれたページにはその面影はない。でも見下ろす視線に映るのが誰なのかは痛いほど分かった。

「あの時と同じ思いはもうしたくない。残されるくらいなら、先に死んだ方がマシだ」

鈍い痛みとともに、環の声が心に突き刺さった。

悲しみとはまた違う空虚な表情がまた、痛々しくて胸が張り裂けそうになる。

大切な人がいなくなる絶望をこの人は知っている。口ではああ言ってるけど、立ち直るまでどれくらいの時をかけたんだろう。

どうにも、残していく立場になってしまう私は、また、環に同じ思いをさせてしまうのだろうか。そこまで想ってくれてると、自惚《うぬぼ》れていいのだろうか。

もしかしたらそう遠くない未来に彼を苦しめることになる。今この瞬間が、私の病気のことを伝えるに相応《ふさわ》しいタイミングだったんじゃないか。

でも。

何も言えなくてただただ環を凝視していれば、深く息をついた彼がアルバムを静かに閉じる。そして時計にチラッと目を向けたあと、私を思い切り抱きしめて、ふー、と息をついた。

「時間来たから送る」

「……うん」

「ほんとは全くもって、帰したくないんですけどね」

「楽しかった、また来たい」

「君の意志と関係なく、また連れ込む予定ですけど」

「今度は私の家に遊びに、」

「行く」

「早いよ」

名残惜しく私にすり寄る環が愛《いと》しくて、心地よい温《ぬく》もりの中で目をつぶった。

でも、言いたくない。まだ言いたくない。

だから秘密を隠して逃げた私を、今だけはどうか許して欲しい。このひととまだ一緒に過ごしたいと、思うことは許して欲しい。

またひとつ、泣きたいくらい愛おしい思い出が出来た。私はこの夜のことを死ぬまで忘れないだろう。

かけがえのないものが毎日新しく生まれて、心に積もっていく。

今まで生きてきた中でいちばん甘やかな時間を過ごしていた。

自分が、みんなとは違う脆《もろ》い体を持っていて、いわゆる「普通」の生活がままならない可能性があると知ってから、自発的に朝を避けていた。

当然のように「普通」を生きる人達を見るのが苦しくて、そんな自分を隠してくれる夜に逃げ込んだ。

人と深く関わることがないから、息がしやすくて生きやすかった。動揺させられることも、面倒くさいこともなく、自分至上で生きていけることは楽だった。

けれど、今は、もう独りには戻れない。

知ってしまったから。

想い合うこと、触れ合うこと、気持ちを伝え合えること。それが人として生まれてきた幸せなんだって。

自分よりも大切な人ができると、その先の未来が欲しくなってしまう。

生きたいと、思ってしまう。

後悔した。

手放せないところまで来てしまったと。

もっと早く、環から逃げるべきだった。

夜だけだった私の世界が広がる。

目覚めて呼吸をして活動する時間が増えていく。

出会って恋をして、過ぎ去る時間に意味を持たせたくなる。

いつまでも見ていられる横顔も、暗闇でも光る金色の髪も、低く掠《かす》れた声も、柔らかな香りも、あたたかな温もりも全部。

環の全部が好きだった、
理由なんて、見つけたくない。

少しでも長くと望む私の必死の努力なんて、一度も信じたことのない神様は簡単に嘲笑《あざわら》う。

泡沫《うたかた》のように消え去ってしまうこと、全部知っていたのに。


「……っ、は、」

普段通りを装って、滲《にじ》む汗を耐えながら、飛び込んだファミレスのトイレの一室で蹲《うずくま》った。心臓が、これ以上にないくらい締め付けられて、息をするのも辛《つら》かった。

　はあはあ、と乱れた呼吸が続く。震える手で上着のポケットに入れていたタブレットケースを取り出し、黄緑色の錠剤を口に含んだ。飲み込んで喉《のど》を通り体内に沈んでいくのを感じ、深く息をつく。

　やがて、ばくばくと暴れ馬のように騒がしかった心拍が、徐々に落ち着きを取り戻していく。しばらくその場で脱力してから、ふらつきながらも立ち上がった。

　環の家で過ごしてから数日、……最近、軽い発作が起こる間隔が短くなっている気がする。以前よりもずっと活動的になったせいだろうか。

　冷たい水の流れに手を浸しても、それ以上に冷たい自分の温度のせいで何も感じなかった。

　そろそろこの前受けた検査結果が出る頃だ。もしかしたら今まででいちばん悪い結果が出るかもしれない。

「…………」

　キュ、と甲高い音をさせて水を止める。

　流れ続けることが当たり前だったそれが、私の手によって無理やり止められた様を見た。名残惜しくぽたりと落ちる雫《しずく》が、儚《はかな》いとは思わない。

　なんて、往生際が悪く、卑しいんだろう。

「……っ、」

でもまだ、もう少しだけ。

もうちょっとだけ、一緒にいたいんだもん。

「すず、顔色悪ぃけど。大丈夫？」

手持ち無沙汰《ぶさた》でメニューを眺めていた環は、私を目に入れた瞬間心配そうに声をかけてきた。席に座って「大丈夫だよ」とぎこちなく笑う私をじっと見つめて、手を伸ばしてくる。

前髪を優しく撫《な》でて、私の思考を読み取るように覗《のぞ》き込んできた。あまりに綺麗《きれい》なその瞳《ひとみ》に思わず目を逸《そ》らして俯《うつむ》く。

「今日はもう帰ろ。また今度来ればいい」

「……ごめん」

「いいって。すずはぎりぎりまで我慢しすぎ」

「…………」

「帰る前に温かいお茶でも飲んどけ。持ってくる」

「……ありがと」

行き際にぽんぽんと頭を撫でられた。去っていく背中を見送って、ずるずるとその場に伏せる。

何も知らない環に気を遣わせてしまった。もう、隠しておくのも限界なのかもしれない。

伝えることが正しいことなど分かっている、でも告げて何が怖いって、環が離れていくこともそうだし。

環の、私に対する見方が変わるのが怖い。

その瞬間から環にとって私は、「普通」の女の子じゃなくなるから。

そしてそんな環の瞳を見つめたとき、私はこの夢のような日々が終わることを知るのだろう。

ふう、と深く息をついてから、体を起こした。

とりあえず、結果を聞いてから考えよう、
もしかしたらなんともないかもしれないし、私の勘違いかもしれないし、こんなこと病気になってから何回もあったし。

そう、また問題解決を後回しにする自分に辟易《へきえき》しながら目をつぶれば、近くで高い声が聞こえた気がした。

顔を上げると、こちらを訝《いぶか》しげに見る少し派手目な女の子が立っていた。誰、知らない、と見つめ続けてやっと、思い当たる記憶を見つける。

あ、この子、そうだ、環と初めてデートした時に、ゲームセンターで声をかけてきた環の友達。

そう気づいた時には真っ直ぐ彼女がこちらに向かっていた。

その表情はとてもじゃないけど好意的に思えなくて、近づけば近づくほど、身につけることはない甘い香水の匂いや、露出の激しい服装、アイシャドウのラメが眩《まぶ》しい濃いめのメイクで、生きる世界線が違うことが目に見えてわかった気がした。

「ねえ」

「……はい」

「あなた、環の彼女？」

「……一応」

同じように思い出したのは、今の私に対する冷たい声じゃなく、環に向けていた明らかな感情が含まれた甘い声。

この人は環が好きなんだと、彼女のことをよく知りもしないのに分かってしまう。

「私あなたのこと知ってる。七崎さんでしょ」

突如放たれた言葉に、落ち着いていたはずの心臓が動き出す。

「一年のとき、私同じクラスだったんだよ、覚えてない？……まあ、覚えてないか。私は覚えてるけどね。だって七崎さん、あんなことがあってすごい目立ってたし。学校来てないくせに、環と夜遊びなんかしてるの、意外と不良なんだね」

どくどくと彼女の言葉が刺さる度、心拍とともに血が噴き出していくようだ。

膝《ひざ》に置いた手をぎゅっと握りしめて、なんとか今の状態を耐え抜く。

「環、知ってんの？」

ひときわ耳に響いた声に顔をあげれば、蔑《さげす》む顔が私を見下ろしていた。私の反応で答えを察した彼女は、嫌悪感を顕《あらわ》にグロスで照った唇を動かす。

「環、かわいそう。病気の子が彼女なんて」

目を見開いて固まる私に、「あなたと環じゃ釣り合わないから、早く別れた方がいいよ。てか環どこ？」ともう私に興味がないように聞いてくるから、黒く揺らぐ感情のまま口を開く。

「……環は私のお茶を取りに行ってくれてます」

「はあ？」

「たとえ私が環と別れても、環はあなたには見向きもしないと思う」

「……なに、」

「だってあなた、まるで環のタイプじゃないし。それにこんな攻撃的なこと言ってくる子、好きにならないと思う」

「なんであんたにそんなこと言われなきゃいけないわけ」

「だって現に今、環が選んだのは私だし、その時点であなたより上回ってるので、正直負け犬の遠吠《とおぼ》えというか」

やば、怒らせた。

みるみるつり上がっていく細い眉毛《まゆげ》を見て気まずくなっていれば、「井上《いのうえ》？」と戻ってきた環の戸惑った声が聞こえた。

「……環」

「なにしてんのここで」

「別に、たまたま通りかかっただけだし」

「ふうん。なに、なんかすずと喋《しゃべ》った？」

「全然、ちょっと挨拶《あいさつ》しただけ。てかさ、環、まじで女の趣味変わったよね？」

「は？」

「だって今までの彼女と全然違うじゃん」

明らかにトーンアップした甘ったるい声に、こちらを挑発的に見下す目線。先程の非生産的な悪口を口にしたことで疲弊していた私は、環から受け取ったお茶で暖を取る。

一口温《ぬる》い温度を喉に通らせたとき、毒気のない環の声が上から降ってきた。

「当たり前だろ、すずは俺の〝特別〟だから」

「はあ⁉」

何度、この声に救われて、世界が優しく見えたか。

「〝普通〟じゃない。大事な子だから、変な事言うのやめてくんね？」

〝普通〟でありたいと願った私よりもずっと先回りして、環は泣きたいくらい嬉《うれ》しい〝特別〟をくれる。

陰る心を一瞬で晴れさせてくれる、太陽のような人だって、改めて思った。

悔しげに顔を歪《ゆが》ませて、「っ、私もう行く！　ばいばい！」と去っていく女の子の背中に、「また学校でなー」とおまけみたいに付け足した環の声が追いかける。

それから向かいに座り直した環は、真正面から私を見つめてくるけど、私は一向に目を合わせようとしなかった。

「すず、絶対なんか言われただろ」

「……そんなことない」

「だったらなんでそんなやっちまった、みたいな顔してんの？」

「…………」

「なんか怒られる前の子どもみたいな顔してるけど」

「……全部、環がモテるから、悪いと思うのね」

「え？」

「なんでもない……」

真顔のままずずーとお茶を啜《すす》る私に、環が困った顔をした。「すずちゃん」、と猫なで声で機嫌をとってこようとするから、ふいっとそっぽを向いてみる。そしたら手を繋《つな》いできてなんとか私の意識を自分に向けようと必死だ。

「すず、悲しいから無視すんなって」

「この、女たらし」

「そんな言葉どこで覚えた？」

「プレイボーイ」

「そんなことない、すず、そんなことないから」

「………」

「すずー」

眉毛を垂れ下げた環の顔が面白くて、固めていた表情を思わず緩めてしまった。手を繋ぎ返して、「私の事、すごい好きだね」と自意識過剰なことを言ってしまうけど。

「すごい好きだよ、分かりきったこと聞くなよ」

不貞腐《ふてくさ》れた彼の態度にまた胸が鳴る。今度は明らかに浮かれた音で。

別れ際、いつも環は別れを惜しむように、私の顔を心ゆくまで撫《な》でてくる。

それは変わらない凍《い》てつく寒さから、私の顔を守ってくれているかのようで、少し嬉しい。

されるがままに頬をぶにぶにされて、マフラーをグルグル巻き直されたあと、顔を覗《のぞ》き込まれる。じっと見上げれば、環がなにやら耐えるような顔をしてから、私をぎゅう、と抱きしめて「あー帰したくねえー」と駄々を捏《こ》ねた。

「せめて家まで送らせて」

「今日は早いからお母さんたち起きてる。お父さんもいるから見られたら恥ずかしい」

「……挨拶する」

「いい、いい、挨拶はまた今度ちゃんと、あの、覚悟しないと緊張してしまうので」

もじもじしながら言い募れば、「はあ、可愛い」とさらに強く抱き締めてくるから、苦しさで声を漏らしてしまった。

「早く明日《あした》にならんかな」

「明日は、また街の方に遊びに行きたい」

「お、じゃあ俺がバイトしてた店でも行く？」

「！、行く！」

「サービスしてもらえるよう連絡しとくわ」

二人分の息が白くなって、二人の間で揺らめいていた。暗闇の中でも透けて見える金色の髪はまるで糸のようだった。

優しく頭を撫でながら、「また明日な」と零《こぼ》される約束に、頰が緩んだ。

「うん、また明日ね」

環は私が見えなくなるまでずっと見送ってくれる。それまで何度振り返っても、何度も大きく手を振り返してくれた。

角を曲がり振り返るとさすがに環の姿は見えなかった。前を向き直り、彼の背中がないことを実感すると、すぐに恋しくなってしまう。

具合の悪い私に気を遣って、早めに帰してくれた。明るいうちに我が家に帰るのはいつぶりだろう。

「ただいま」

そう、いつもは言わない挨拶をすれば、足音がこちらに向かっていた。「すず、今日は早かったんだね」と駆け寄ってくるお母さんに頷《うなず》く。

「そういえば見たいテレビの日だったって思い出したから早く帰ってきた」

息を吐くように嘘をついた。本当のことを言ったらお母さんに心配をかけてしまうし。

「そっか」と、何も疑わずに頷いたお母さんは、私のコートを預かりながら「あったかいココアでもいれようか」と優しい声で提案して、それから、

「すず、ちょっとお話ししよう」

いつもと変わらない穏やかな口調に、何も疑わずに頷いた。

「──ワソランの数が減ってるの」

ココアを一口飲んで、私が一息ついたところで、最初の最初から本題だった。薬の管理は、少しだけ予感をしていたのかもしれない。指摘されても驚かなかった。

私と、お母さんとでしているから。

「すず、最近発作出てるの？　どうして言ってくれないの？」

「…………」

「ワソラン飲んだら病院に行くように明日美ちゃんにも言われてるよね？　軽い発作でも甘く見てたら危ないってすずが一番よく分かってるでしょ？」

「……ごめんなさい」

「どうして隠すの？　なんでこっそり、まるで泥棒みたいにお薬抜いて、いつか言ってくれるの待ってたのに中々言ってこないから」

普段ののんびりしているお母さんが余裕をなくす瞬間は、いつも私の病気の事だった。今も泣きそうになりながらこちらを縋《すが》るように見つめてくる、その眼差《まなざ》しに耐えられなくて俯《うつむ》きながら、「ごめんなさい」と繰り返すしかなかった。

「心配かけたくなかったの。薬飲んだらすぐ落ち着いてたし。ほら去年も冬の間は少し発作が多かったでしょ。寒くて血管が緊張して血圧が上がるからかもねって、明日美ちゃんも言ってたからそんなに深く考えてなかったの」

「…………」

「お母さん、だから、」

「……今日、明日美ちゃんから電話があったの。検査結果が出たんだって」

私の言葉を遮るように伝えられた言葉の重みが、体全体の自由を奪うかのようだった。

「……直接話したいことがあるからって。だからすず、明日のお出かけはなしにしてくれる？　一緒に病院に行こう」

さっきまであんなに寒いところにいたのに。

この家はこんなにも暖かいのに。

環と一緒にいた時がいちばん温《ぬく》もりを感じられていたなんて、おかしな話だ。

また今度、また明日。

当たり前の約束が、当たり前じゃなくなる瞬間が、いつだって突然やってくることは、知っていたはずなのに。

だったら、今日もいつも通り夜明けまで、時間を過ごせばよかった。

分かりきった答えしかない、すごく好きだと想える、あの人と一緒に。

★☾⋆☆

「端的に言うと今の状態が今までいちばん悪い」

眩《まばゆ》い白い壁に貼られた黒い写真。そこに霞《かす》んだ灰色で映し出される私の心臓。

明日美ちゃんの声は、今までで一番強《こわ》ばっていた。そして、いとこだから、とかそんな甘えなんて一切見せない、医師として私に現実を突きつける。

「もう何回も発作がきてたはずだよ。心電図も見たけど乱れてる。検査結果も基準値を上回ってるし」

「……うん」

「すず、ちゃんと考えよう」

私の目を見つめながら語りかける明日美ちゃんの熱量と裏腹に、どんどん冷えていく心。この期に及んでも逃げようとしている。

何から？

……現実から。ずっと背後に付きまとって離れてくれない現実から、だ。

「このままだと手術の成功率がどんどん低くなる。すずの心臓が、長丁場の手術に耐えられなくなってくの。もし外科治療ができないってなると、根本的な完治は諦《あきら》めるしかないから、このままだと、」

「死んじゃうね？」

「……、すず」

「でも明日美ちゃん。その手術、すごい難しいこと知ってるよ。成功率とか言うけど、そもそもの確率さえそんな高くないよね？　明日美ちゃんはさも成功するみたいに言うけど」

「……っ、そんなこと」

「長く病院に通ってるから分かるよ。私の手術をするってなればかなり大掛かりな準備をしなきゃいけないし、……あと執刀するのは明日美ちゃんじゃないよね？」

「……もちろん、私が務めたいと思ってる、でもやっぱり経験を詰んだ技術のある先生にお願いする方が、すずの体の負担も、」

「私のこと治してくれるんじゃないの？」

明日美ちゃんの目がはっと見開かれた。今にも壊れそうな眼差しに、ちくりと胸を刺す痛みが生まれる。

傷つけた、分かってる、こんなに私のことを思ってくれているのに。

「すず！　どうしてそんなひどいこと……！」

「……いいんです、すずママ、私が未熟なのがいけないから」

「でも……、」

「すず」

そんな声で名前を呼んだって、私は私の意見を変えるつもりは、ない。

誰よりも自分の体のことは分かってる。自分なりにたくさん学んでたくさん知ってきたつもりだ。

だからこそ、未来を諦めなければならないところまできているんだと、何度も絶望してきたんだ。そう簡単にぶれたりなんかできない。

「曖昧《あいまい》な未来を夢見て今の時間を犠牲にするくらいなら、私はこの瞬間を精一杯生きたい。自分で息をして歩いて自由に動けるうちに、好きな人たちと好きなことをして生きていきたい」

お母さんが口元を覆った。漏れ出る嗚咽《おえつ》にこんな娘でごめんね、と何度も謝った。

「ずっとそう言ってるでしょ——私はね、今日死ぬんだ、と思いながら、最後の眠りにつきたいの」

閉じきった扉に背を預けて耳をすませば、お母さんがすすり泣く声が聞こえてきた。

それを優しい声で慰める明日美ちゃんの声。無視できない悲しみに溢《あふ》れたそれが、鼓膜にこびりつく。

……あんな風に啖呵《たんか》を切ったけど、私はきっと家に帰って、改めてお母さんに説得されたら折れてしまうんだ。なぜなら、愛してくれた時間を無下にできるほど、粗悪に育てられていないから。

いよいよこの白い場所が、本当に私の家になる時が来てしまったのか。ふう、と深い息をつき、重い足をゆっくり動かす。

綺麗《きれい》に磨かれた白い廊下が、窓から差し込む光を反射している。純白で清廉で、神聖さすら感じる、生と死が入り交じるこの場所。

顔見知りの看護師さん何人かとすれ違って会釈をして、慣れた足取りで歩を進めていく。お気に入りの中庭に出ると、ぽつりと置いてあるベンチには誰も座っていなかった。

腰掛けて空を仰げば、雲ひとつない青空が広がっていた。

いつも見上げる空は、暗くて、晴れていたら辛うじて星が見えて、月が満ちていれば、なんだか嬉《うれ》しくなって。

やっぱり、夜が好きだと、唐突に思う。

手に握っていたスマホが通知で光る。スマホの画面に浮かび上がるメッセージは環からだった。今日は会えないことを伝えたら、了承の言葉と共に少し悲しげな絵文字。

可愛くて、笑った。

嬉しくて、目を細めた。

愛《いと》しくて、会いたくなった。

「……、ははっ、……、あーあ、」

ぽたり、と一粒、環からのメッセージを滲《にじ》ませるように落ちた涙が、あまりにも味気なく形を歪《ゆが》ませていく。

空虚な独り言が乾いて朽ちていった。息を吐いても、白く染まって消えていく様を見ることはできない。

今は朝で、ここは夜ではないから。

涙を拭《ぬぐ》って、スマホの画面を暗くする。少しでも面影を思い出してしまうと込み上げてしまう涙を、意味もなく耐えて耐えて、ひとりで静かにはなを啜《すす》った。

会いたい、とても。

でも今の自分では会えない、絶対に。

これが嘘をつき続けた報いだ。

一番伝えなきゃいけないことを隠し続けていた、私の。

病院を出てから、お母さんと買い物に出かけた。

お母さんの目は真っ赤だったけど、普段通りに振る舞うその態度に、私も特に気遣うわけでもなく、いつも通りに接して。

もはやぎこちなくなることもない。お母さんと病院に行った後にこうなるのは、珍しいことでもなかったから。

お母さんが代わりに泣いてくれるから、私以上に悲しんで泣いてくれるから、私は泣かないで済んでいることを分かっている。

その後、ごはんできるまで待っててと言われてソファに座っていたら、知らないうちに眠ってしまった。昼夜逆転の弊害が来ている。

うっすら生活音が聞こえる浅い眠りも嫌いではなかった。台所で水が流れる音、包丁がトントンと鳴らす音、食器がぶつかる音。心地よくて安心できて大好きだった。

ふと、影が落ちた気がしてゆっくり瞼《まぶた》を上げれば、私の髪を優しく撫《な》でるお母さんの姿があった。愛おしい我が子を見る穏やかな眼差《まなざ》しで、触れてくれる温《ぬく》もりに、「お母さん」と甘えた声が出る。

その瞬間、お母さんの目から涙が溢れた。顔が歪み手が震えて嗚咽が漏れる。慌てて寝そべっていた体勢を戻して、お母さんの手を握れば、「ごめんね、」とか細い声が零《こぼ》れ落ちた。

「丈夫に産んであげられなくて、ごめんね……っ」

——心臓が苦しい。

「手術なんか受けなくていいよ、すずは自由に生きていいよ、そう約束したもんね。病気だってわかった時に、約束したもんね、」

お母さん、謝りたいのは、私の方だ。

丈夫に、産まれてこられなくて、ごめんね。

「でも、こんな可愛い子を失わなきゃいけないなんて、考えただけでもおかしくなるの、今すぐにでもすずを病院に行かせなきゃ、って、さっき行ったばかりなのにまた思うの。夜も、ほんとは行かせたくない、私の目の見えないところですずがもし倒れたりなんかしたら――……」

嗚咽混じりの言葉を聞きながら、お母さんを抱きしめて、目をつぶった。

どんどん小さく、細くなっていく気がする。それは私が成長したからだと思いたい。

大丈夫だよ、ちゃんと手術受けるよ。

今までたくさん我儘《わがまま》聞いてくれたから、もう十分だよ。

私だってちゃんと大人になって、お母さんに親孝行したいもん。

お母さんが落ち着くまで背中を擦《さす》りながら何度も繰り返した。

やがて、明るかった空は暗闇を帯びてゆく。太陽は沈み、光のない世界へと変貌《へんぼう》を遂げていく。

交替のように、疲れてソファで眠ってしまったお母さんに微笑んで、毛布をかけた。

完成したご飯をゆっくり味わうように食べて、残りにラップをかけて冷蔵庫に入れる。

いつもならここで、出かける準備をする。防寒力が抜群の分厚いダウンを羽織り、肌触りの良いマフラーをぐるぐる巻きにして、仕上げにパーカーを被《かぶ》る。指が出ないと嫌だからアームウォーマー。

そしてスマホで環に、「もう出るよ」、って連絡する。

「……」

環は、今何をしてるのかな。

お家にいるのかな、テレビ見てるのかな、それともひとりで遊びに行ってるのかな。私のせいですっかり夜行性になったと笑っていた。だから朝にならないと眠れないって言っていた。

〝すずに会わないと、一日が終わった気がしない〟

その言葉にとてもときめいて、今日もかっこいいなあ、と見惚《みと》れてしまったのはいつの日だったか。

いつしか当たり前の日常になっていた逢瀬《おうせ》が、何よりも愛おしい時間に変わっていた。独りで過ごす夜は、二人で時を重ねるだけでこんなにも輝き出す。

今、電気もつけず、薄暗い部屋でひとり、座り込んでいる。決まってしまった未来に実感が湧かなくて、何も考えたくなくて、何もかも放棄して、殻に閉じこもっている。

こんな時も、やっぱり、手を引いてくれるのは環だった。

暗闇でスマホの画面が光る。浮かび上がるメッセージに、力のない視線を向けた。

『習慣になってたから、なんか来てしまった』

寒すぎ、と泣いてる顔文字とともに送られた写真に目を見開いた。

『今日、月がめっちゃ綺麗』

――刹那《せつな》、込み上げる感情のままに、部屋を飛び出した。

辛うじて摑《つか》んだダウンとマフラー、玄関先の取りやすい場所に置いてあって助かったと思う。

走っちゃダメだと知っていたのに、堪《たま》らなくて駆け出していた。知らず知らずのうちに零れていた涙が、走るスピードに飛ばされていく。

寒すぎる、でも熱くて堪らない。

会いたくて、仕方ない。

――環に会いたい。

泣きながら全力疾走する私を、背後で照らすのは写真に写っていた皓々《こうこう》と照る大きな月。

数分後には一緒に見ている未来を信じて、私は眠る街をひたすらに駆け抜けた。

7. 終夜陶酔

体に収まっている全ての臓器が、ギシギシと悲鳴を上げているようだった。たかが歩いて五分の距離を全力疾走してこのザマだ。

ぼろぼろと零れていく涙を拭うことはしなかった。はあはあ、と荒ぶった呼吸が瞬時に白くなる様を、ずっと焦がれていたはずなのに味わう余裕もない。

たどり着いた公園は相変わらず人気がなく、遊具達が寂しげに鎮座していた。けれど視線はすぐにブランコの方へ向かう。

ふたつあるうちのひとつは、既に埋まっていた。ここは私の特等席だと、恥ずかしげもなく言い放ったあの日が懐かしい。

ぼんやり月を見上げる後ろ姿が涙で滲んだ。空には大きな月が輝いていて、その光を一身に受ける環の髪は、小さな月みたいに光っていた。

一気に走って、後ろからしがみつくように抱きついた。一瞬で鼻を包む環の香りに、また涙が止まらなくなってどうしようもない。

「……うわ……、は、だれ、……」

「……、」

「……っ、ひっ、」

「……すず？」

「……」

しばらく間を置いて環の手が首に回る私の腕に触れる。ただ抱きついたままの私の泣き声を認識したかのように、「……泣いてんの？」と戸惑った声が追いかけた。首を振る。謎の虚勢に走る。でもそんなのすぐにばれてしまうから、環は私の腕を緩めながら体を丸ごとこちらに向けた。

顔を隠そうとする私のパーカーを下ろし、遮ろうとした手を阻止するように掴まれる。月の下で、情けなくも泣き顔を晒《さら》している状態に、耐えられなくて目をぎゅっと瞑《つぶ》った。

すると、音もなく、目尻《めじり》に柔らかな感触が落ちてくる。温もりを与えるかのように優しく触れたそれが、離れていくのを追いかけるように目を開ければ、環の、透けた瞳《ひとみ》と目が合った。

私を映して揺らめいていた。儚《はかな》くてとても綺麗《きれい》で、見ているだけで愛《いと》しさが込み上げてくる。

「……どうした?」

「……っ」

「なんか悲しいことあった?」

「……――っ、ぅ、」

「すず」

「……、――……たい、」

「え?」

「環とずっと一緒にいたい、」

私の言葉に目を見開く。その瞳に映る私はあまりにも弱々しくて情けなくて、「家に帰りたくない」と泣きじゃくる姿は、駄々をこねるただの子どもだった。

「朝まで、環と一緒にいたい……!」

その言葉を放った瞬間、もっとたくさん涙が零れた。号泣状態の私に環は明らかに困り果てて、慌てて私を抱きしめて、あやす様に髪を撫《な》でてくる。

「いや、朝までってそんな、」

「……うっ、うぅ、……ひっ、」

「………、ああ、もう、」

「……っ、は、」

「……分かった」

ぎゅうと強く抱き締めて、耳元を掠《かす》める優しい声が、死にかけの私を救ってくれた。

「朝まで一緒にいよ」

その声のあたたかさに、私のすべてが溶けてしまえばいいのに。

消えたくない、死にたくない。

「だから泣かないで、すず」

環と一緒に生きていきたいよ。

優しい言葉に、そんなの無理だって我儘《わがまま》を言うように首を振った。

なにもかも許してくれるこの腕の中で、泣く以外のことなんてできない。

お願い、
今夜だけだから、最後にするから、
私の我儘を聞いて欲しい。


「ん」

「ありがとう……」

渡されたマグカップを手のひらで包めば、じんわりと温かさが伝わってくる。顔を近づけると、慣れ親しんだコーンスープの香りがして、一口飲んだら体が解《ほど》けていくようだった。

「落ち着いた？」

「うん……ごめんなさい、急にお邪魔しちゃって」

「全然。また来るって約束したじゃん。それが早まっただけ」

泣きっぱなしの私の手を繋《つな》ぎながら、環は自分の家に連れていってくれた。その間、何も聞かず寄り添うように歩いてくれていた。繋いだ手の温もりだけが本物な気がして、私はこれがあればいいと心から思った。

今も、泣き腫《は》らした目でのろのろとスープを飲む私を、何も言わずに見守っている。肩にかけてくれた毛布のおかげで、冷えきった体はすっかり温かくなった。

「……何も聞かないの？」

「何か言いたいなら、聞く」

「………」

「何も言いたくないなら、聞かない」

「………」

「ただ、俺の気持ちとしては、すずがあんなに泣くなんてよっぽどのことだから、知りたいとは思う」

「……うん」

コト、と机に置いたマグカップの音がやけに大きく響いた。

自分を真っ直ぐ射貫《いぬ》く環の瞳を見ながら、私は分かっていた。今、このタイミングが、隠していたことを告白する最後のチャンス、だと。

言わなければ、心の中はその気持ちでいっぱいなのに、なかなか声にできない。口をうっすら開いたまま、環を見つめていても、言葉へと直結しない。

結局、じわ、と涙が再び滲《にじ》んでくる。ごめんなさい、と呟《つぶや》いた声の反動で、一筋頬を伝っていく。

環はそんな私を見て、自分の袖《そで》で私の涙を拭ってくれた。「よし、じゃあ言いたい時に言って。ずっと待ってるし」、と明るく言う環に、胸が締め付けられた。

拭ってくれる手を掴《つか》んで、そのまま引き寄せた。環の顔が近づくのに緊張しながら、一瞬躊躇《ためら》って、それでも惹《ひ》かれるままに、その薄い唇に自分のものを重ねた。

「……環、すき」

頬を包んで、震える声で告げる。驚いて見開いたままの環の目を覗《のぞ》き込んで、もう一度キスをしてから、ぎゅっと抱きつく。

「だいすき。……どうしたら、もっと伝わる？」

言葉にする以上に、この気持ちを表す方法はないのだろうか。全身全霊で叫んでいるのに、一部分しか上手に渡せない自分がもどかしい。

やがて、私の背中に環の手が回った。首に埋めていた顔を上げれば、熱っぽく濡《ぬ》れる眼差《まなざ》しと視線が絡まる。

「……そんなの俺だって知りたい」

頰を大きな手が包み込む。あまりに気持ちよくて目を閉じれば、擽《くすぐ》ったいほど可愛らしいキスが、額に頰に鼻に、降り注いでいく。

「いくら好きって言っても、抱きしめても、キスしても、足りない。すずがいればそれだけで生きていけるくらい、すずが好き」

囁《ささや》く声が密《ひそ》やかに、二人の空気の密度を上げていく。言葉なんていらない、高まっていく熱を交換し合うかのように見つめあって、そのまま同じ気持ちで唇を重ねた。

触れた瞬間、一気に押し寄せた想いと欲がぶつかり合って、爆《は》ぜる。心が急《せ》いて、目の前の愛しいこの人をどうにかしたくて、夢中でキスを繰り返した。

環の首裏に腕を回せば、ぐっと私の体を抱き寄せる力が強くなる。自然と、環の膝《ひざ》にのりあげる体勢になって、下からのキスを受け入れる。

薄く目を開けると、私を静かに観察する目と目が合って思わず腰が引けたけど、咎《とが》めるように更に引き寄せた手が軽く耳をかいた。

熱い吐息とともに声が漏れる。腰あたりにあった環の手が、服を手繰り寄せ自然に入り込んできた。

直接感じる肌の温《ぬく》もりに、ぴくりと体が反応してしまう。つー、となぞるように指が上ってくる感覚に、ぞわぞわと体が疼《うず》いた。

「……ぁ、」

零《こぼ》れ落ちた声があんまりに甘すぎたから、恥ずかしくて顔が熱くなる。なのに、その声を引き出すように、服の中で動く環の手は、私の肌の感触を楽しむように、敏感な場所を探り当てていく。

おへその辺りを擦《さす》られて、体を震わせながらはあ、と息をつけば、耳を甘嚙《あまが》みしながら「かわいい」と掠れた声が鼓膜を撫でた。

「たま、き……」

下着越しに胸に到達されて、消えそうな声で名前を呼べば、そこで手を止めた環がゆらりと目を合わせてくる。燃えた欲にまみれた瞳《ひとみ》に思わず息を呑《の》めば、一瞬目をつぶった環が脱力したように肩に頭を預けてきた。

「……やばい、これ以上すると、まじで襲う」

「え、」

「すず、泣いてんのにつけこむみたいでやだ……ちょっと、落ち着くまで動かないで」

「……」

はあ、と何かを耐えるように、吐いた環の息が耳を掠めた。その刺激を甘美なものとして判断した私の頭が、どくどくと巡る鼓動の中、大胆な行動をさせようと誘導する。

「……たまき」

彼の名前を愛《いと》おしくなりながら呼び、顔を上げた環にキスをした。額に触れながら火傷《やけど》しそうに熱い顔で、「あっち行こ……？」と小さな声で提案する。

私の指し示すあっち、をすぐには理解できなかった環は、沈黙の後、何かを確かめるように寝室の方へ目をむけ、それから「……いいのかよ」と低い声で尋ねてくる。

「俺も男だから、あっちなんか連れてったらもう、我慢なんてできないけど」

「……我慢なんかしなくていい」

「……でも、」

「緊張はしてる、でも怖いとか一切ない。もしかしたら泣いちゃうかもしれないけど、それは生理的なものだから」

「………」

「私ね、この前環のお家に来たとき、初めて人と繋がりたいって思ったの。分かってると思うけど、私はこういうことしたことない」

「……うん」

「……環がいいと思った」

ぎゅ、と環の肩を掴みながら、唇を震わせる。恥ずかしさと緊張で溺《おぼ》れそうになりながらも、目の前の人が欲しくて仕方なかった。

「初めて、誰かに私の全部を見せるなら、絶対に環がいい、……環じゃないと、やだ」

私の言葉に言葉を失った環は、珍しく目元を赤くして「なんだよそれ……」と弱々しく呟いて。

縋《すが》るように私を抱き寄せて、首元に吸い付いた。

「可愛すぎる。俺を殺す気？」

――一緒に死んでくれるなら、それもありかもね。

さすがにその思考は怖すぎると、心に留《とど》めておきながら、再び近づいて激しく交わされるキスに没頭した。自分の裸を見られることももちろん、誰かの裸をまじまじと見ることとなんてなかったから。

真っ暗な部屋の中、徐々に目が慣れていく。私もそうだということは環もそうだということで、探り探りだった手つきがいつしか確信を持ったものに変わっていく。

カーテンの隙間から零れ落ちた明かりが、僅《わず》かに部屋をぼんやりと浮かばせる。滑らかな肩の輪郭が、鮮やかに曲線を描いていたので、思わず手を伸ばした。

触れると、ぴくり、とその肩が揺れた。私の首元に顔を埋めていた環が、スプリングの軋《きし》む音とともに顔の横に手をつく。

さらりと揺れた金色の髪が、やけに白く光って見えた。いつもより乱れた髪の隙間から、濡れたように煌《きら》めく双眸《そうぼう》が私をじっと見下ろす。

「……私、環の金髪、すき……、」

そういえば言ったことがなかったことを、口にした。環は肩に触れたままの私の手をとり、そのまま手のひらに口付けを落としながら、「すき?」と尋ねてくる。

「っ、うん、」

「気に入られてるなーとは思ってた。たまにぼうっと俺の頭見てるから」

「……ばれ、てた」

「というか、俺がすずを見すぎなだけ」

手のひらから手首、腕へと上昇するキスが擽ったくて身を竦《すく》める。二の腕に辿《たど》り着いた時、軽く歯を当てられて、熱い吐息を漏らしてしまった。

「っ、」

「噛まれるの好きそう」

「そんなことな、」

「俺は好き」

「、――」

「すずの肌、柔らかくてすべすべで、綺麗《きれい》」

唇を当てるだけだったり、気分で吸い付いてみたり、たまに甘噛みをしてみたり。

上機嫌で遊ばれる度に、反応がどんどん敏感になっていく気がする。初めは緊張で意味が分からないままだったけど、今では与えられる刺激に覚えたての快楽が追いついてきた。

比較対象がないから分からないけれど、これが本番前の準備だとするなら、環はどこまでも丁寧に繊細に私の体を扱ってくれた。

もういいよ、と何度も音を上げたくなった、その度、まだだめ、と体を引き寄せられる。

鎖骨をなぞった指が、その下の膨らみに触れた。過剰に反応しながらも、環の手のひら越しに、今度はちゃんと分かった。

私の心臓、どうしてもこの時間を生きたいと懸命に動いている。どくどく、規則正しいリズムでしっかりと。生きてきた中で初めて、この心臓を愛おしいと思えた。

「どきどきしてる……」

「うん、可愛い」

「……、環のも、触っていい？」

「え」

「だめ？」

「だめじゃないけど、……」

迷うのは照れているからだろうか、ほんのわずか目元を赤くさせた環が、私の視線の圧力に耐えきれず、ゆっくりと私の手のひらを自分の左胸に押し当てる。

「比にならないくらいドキドキしてるから、恥ずかしいんだけど……」

ほんとだ。何倍、まではいかないけれど、もしかしたら私よりも速い鼓動を生み出すそこに目を丸くすれば、「浮かれすぎているからだと思われますね、はい」と言い訳めいた言葉をくれる。

手のひらの肌を通じて、環の鼓動に私の血管が繋《つな》がる。どくどくと鳴らすリズムが、呼応するように私の血の巡りの間隔と溶け合う。

ああ、この人も生きている。

単純で明確な答えが、今この瞬間に一番腑《ふ》に落ちて、思わず微笑んでしまった。

「……笑うなよ」

「ごめんね、すごく嬉《うれ》しい」

「………」

「環とこうしていられてすごく嬉しい。一生の宝物にする」

「……大袈裟《おおげさ》、だし」

ぽそりと呟《つぶや》きながら、環の腕が私の体に巻きついて強く抱きしめてくる。肌と肌が直接吸い付くシンプルさに、命の重みを重ねた。手のひら越しに感じていた鼓動が、体全体に溶け合って、まるでひとつの生き物のように息をし始める。

人として、女として、生まれてきてよかった。

こうして、環を受け入れることが出来る、形として生まれることができてよかった。

性差の意味をここで知る、そのための行為なのか、すごい、など、一度も信じたことのない神様を褒めたたえたのは、再開した触れ合いの気恥ずかしさを誤魔化すためだったのかもしれない。

「嫌なら言って」

「ぜったいいやじゃない」

「怖かったら言って」

「ぜったいこわくない」

「……痛かったら言って」

「ぜったいいたくない」

「……ふ、強すぎ」

蕩《とろ》けるように笑った環が、私の額に愛《いと》おしそうにキスを落とす。太腿《ふともも》を優しく撫《な》でてそっと押し開いたら、自分の体をそこに埋めた。触れた場所があんまりにも熱くて、いよいよかと息を呑《の》んだ時、環の声が全てをさらった。

「すず、今、俺、すっげー幸せ」

――嫌なわけも、怖いわけも、痛いわけもあるわけない。

初めて発作が起きて、息ができなかった苦しみと比べれば、一日中針が自分の腕に刺さって、管から下る液を見つめる恐怖と比べれば、入院して学校に通えなくなって、開いていく友達との差へ感じる焦りと比べれば、命の終わりを、他人に無情に告げられた時の絶望に比べれば。

こんな不安なんて恐怖なんて痛みなんて、環の言葉を借りれば、〝幸せ〟でしかない。

私とあなたで生み出す感情すべてが、貴重で大切で尊い。

明日《あした》死ぬかもしれない、眠ったらもう二度と起き上がれないかもしれない。

だから始めた深夜徘徊《はいかい》だった。

今日が最後だと思って眠れないなら、夢など一生見られなくてもいいと、孤独な夜に逃げこんだ。

こんなにも、泣きたくなるくらい愛おしい過ごし方があるなんて、教えてくれたのは他でもないあなただった。

すっげー幸せなんて、私に言わせてよ。
だいすき、たまき、だいすき、
うわ言のように何度も何度も繰り返す。めちゃくちゃでぐちゃぐちゃで、上も下も分からない世界で、揺さぶり続けられるその手に縋《すが》りながら、何度も何度も。
同じくらい返してくれた、名前が、愛の言葉が、心を撫でて、体を溶かして、忘れられない記憶として頭に刻み込まれる。
「すず」
その声で名前を呼ばれるだけで、
生まれてよかった、と、そう思えた。

★☾☆

一瞬、眠ってしまっていたみたいだ。

ぼんやりと目覚めて、むくりと起き上がれば、最後の記憶の中だと肌色だった自分の体が白色に変わっていた。環が服を着せてくれたらしい。

寝癖のついた髪をとりあえず耳にかけて、隣で寝そべる好きな人の顔を見下ろせば、あどけない素顔を晒《さら》して眠っていた。寝顔を見るのは初めてだから、まじまじと観察して、こっそり写真を撮ってしまう。

元々顔が整っているのだから、寝顔ももちろん美しい。そしてなんか、赤ちゃんみたいで可愛い。

すーすー、と心地よい寝息をたてるから、よく聞きたくて耳を澄ませてしまう。

時々、止まるから非常に愉快だ。

軽く髪を撫でてから、我慢できずに軽いキスを目尻《めじり》に落とした。

起きないことを確認して、起こさないように擦り寄って、耳元にそっと囁《ささや》いた。

「環、ありがとう。大好きだよ」

最後の言葉を告げるとき、自分でも止められないくらい自然と、涙が一粒頬を滑った。

「ばいばい」

直接、言えなかった私を許さなくていいよ。

思いっきりけなして怒って嫌いになって、忘れてくれてもいいよ。

環がどこかで、
元気に生きててくれる、
それだけでいいよ。

8．片恋暁月

その日を最後に、
すずと一切連絡がとれなくなった。

最近は常に綺麗《きれい》な空気を吸っていたからか、急に入り込む粗悪なものが、速やかに肺を染め上げるには時間がかからなかった。けど案外、こっちの方が息をしやすいことに嘲笑《ちょうしょう》が浮かぶ。

俺は、元来、綺麗な人間じゃない。

彼女が褒めてくれるから、そうあろうとしただけだ。初めて会った時からずっと、下心のようなものが常に胸に存在している。

なのにすずの目に映ると、自分がさも純粋な恋心を持って会いに来ているんだと錯覚した。

一種の洗脳だ。純粋培養された彼女に見事に染め上げられた。

だから彼女が隣にいない今、空虚の状態で、息を吸って吐くだけの夜を過ごしている。

「でも最近は大人しいんだろ？　聞いたよ、この前彼女と楽しそうに夜歩いてたって」

「……うっせ、そっちが先に引き込んできたくせに」

「未成年がこんなとこにいていいんですか～？」

「……」

「ふられたんだ、ウケる」

「死ね」

元気出せって、と新しいグラスを景気づけに目の前に置かれた。むしゃくしゃするままに摑《つか》んでいっきに飲み干した。酒かと思ったら違って、目の前の男を見遣《みや》れば、「環くんの更生に付き合ってやるよ」と笑われる。そんなの、もはやどうでもいいことなのに。

目の前の男が他の客の対応をしてるのを見て、自分のスマホを確認する。

相変わらず待ち人からの連絡は来ず、メッセージも通話も未読のままで止まっている。

今日で一週間だ。毎日のように取り合っていた連絡が、脈絡もなく途絶えたらそりゃ焦るだろ。

最後に会った日だって、眠りから覚めれば隣にその温《ぬく》もりはなかった。「ありがとう」と綺麗な字で書かれたメモだけ置いてあって、嫌な予感に駆り立てられるまま連絡し続けても、見事に的中し返事はない。

すず、さすがにこの状況はヤリ捨てすぎる。

と、笑えないジョークを唱えていないと、しんどさで耐えられる気がしなかった。

はあ、と無意識に零《こぼ》れる深い溜息《ためいき》と、ストーカーばりに連絡をしまくってる自分のメッセージ画面に辟易《へきえき》して、再びグラスの中の液体をあおった。

乾いた空間で、爆音で流れ続ける音楽、酔いそうなアルコールの匂いと、染み付いて不快な紫煙と香水とが入り交じる。

一夜だけのロマンスを求め合い、ダンスという名ばかりのイベントを口実に、体を絡ませ合う。視線で思考を透かし、お互いの需要と供給が合えば、快楽と欲望しか残らない夜の始まりだ。

お前の行きたがってた場所はこういうとこだし、来たとして確実に浮く。けど、見つかったらたちまち男が群がるだろう、だって可愛いもん。

目の前を通り過ぎていく女達の恰好《かっこう》と真逆の、雪だるまルックスと言っていた、小柄な姿が思い浮かんで、もの寂しさに堪らなくなった。

また一口、もの寂しさで飲み物を飲んでいれば、望んでいたものとは違う甘ったるい声で名前を呼ばれながら、首に細い腕が巻きついてくる。

「環がいるぅ〜！　久しぶりジャーン」

「……あー、誰だっけ？」

「もお！　ナツミだよ〜、忘れないで〜」

「ナツミね、今思い出したわ」

「最近いなくて寂しかったよ〜」

「悪い悪い」

適当に返事をして、適当にあしらう。

ああ、そうだ、元々俺は女に対しても雑な対応しかしてこなかった。別に黙ってても勝手についてくるし、欲求の捌《は》け口《ぐち》にも困ってなかった。それなりに経験だけが積もっていく、そんな堕落した日々。

だからあんなに必死になって執着したのだって初めてだった。今この状況のように、心を掻《か》き乱されているのも。

……いや、死んだあいつの時もそうだった気がする。でも自覚する前と後とじゃ、膨らみ続ける感情の重みも違ってくる。諸々《もろもろ》、総括して結論づけるとするなら。

すずは色んな意味で初めての女の子だった。

史上最強に好きになった女の子だった。

女とか呼びたくないくらい、大事にしたい女の子だった。

適当に流していた会話からどうしてそうなったか分からないけど、気づいたら絡んでいた女とキスを交わしていた。慣れたように口の中に入り込んでくる、その舌にされるがままになりながら思い出す。

震える唇も、ぎこちなく絡められた舌も、控えめに吸い付く力も、恥ずかしそうに伏せる睫毛《まつげ》も、縋《すが》るように握ってきた小さな手も。

抱きしめた時かすかに聞こえる、小さくて速い鼓動の音も。

思い出すだけで体も心も熱くなる。そして自分の爛《ただ》れたこの状況に吐き気が込み上げて、結局女の体を押し離した。

「……ごめん、気分じゃないから無理」

――冗談抜きですず以外には不能になってる。

最悪だ。

そのあとどうやって惰性で過ごして、どのタイミングで店を出たのか分からない。気づいたら凍えるように寒い道を、ひとりで歩いていた。

病んでいる、ほどほどに、というかかなり。

この寂しさが、辛《つら》さが、苦しさが、少しでも薄れればいいと不健康な街に繰り出したはずだった。なのに、惰性的な記憶しかなかったその場所は、すずと過ごした思い出に呆気《あっけ》なく塗り替えられて、更に悪化するだけだった。

けれどそれがいつまで続くかは分からない。彼女と会わなくなるのが普通になって、思い出は色褪《いろあ》せて、耐えられなくなったら、また元のどうしようもない自分に戻ってしまうんだろう。俺はそこまで強くない。

強くないからこうして、いるはずのない面影を求めて、夜を明かす場所へ来ている。出会いの場所であり、約束の場所。ふたりでいるのが当たり前だったのに、この一週間、ひとりで孤独に震えながらも、ブランコに座って待ってしまうことをやめられない。

「……なあ、俺なんかした？」

片方のブランコに座り、誰もいない隣のそれに手を伸ばした。持ち手のチェーンは凶器になるほど冷たい金属と化しているのに、摑んでおもむろに揺らしてしまう。

「え、まじで下手くそすぎて幻滅したとか？」

「それとも重すぎた？」

「知らんうちに傷つくこと言ってた？」

「こんな、突拍子もなく消えるなんて、そんなひでーことするくらいムカついてたのかよ」

「捨てられたの、俺？」

「朝まで一緒にいるって、約束しただろ……」

独り言は、文字通り、一人で話しているから独り言だ。それに当然のように返ってくる声はない。

力なく離した冷たすぎる金属が、反動で弱々しく揺れた。響く寂れた音で、揺らす人間は乗ってないことが分かる。

漕《こ》ぐのがあんまり上手じゃなくて、いつも足はついたままだった。一回り小さいサイズのスニーカーが、話の合間に土を引きずる音を生む。

一度、思いっきり後ろから押してやれば、怖いとビビりすぎて落ちそうになっていた。しばらく不機嫌になってしまったから、それからは二度としなかった。

隣で軋《きし》む音とともに、一度も染めたことのない柔らかい黒髪が、この公園でたったひとつしかない街灯の力を借りて、糸のように揺れていた。長い睫毛が白い肌に影を落とし、寒さのせいで鼻の頭が少し赤いのが可愛くて、俺は何度も手を伸ばすことを止められなかった。

「なあ、すず」

「きっつ……」

空っぽの隣のブランコを眺めながら、全体重をかけるには不安すぎるチェーンに体を預けた。これが失恋というものなら、今初めて経験し、もう二度としたくない。

家に突撃してやろうかとも思ったが、彼女の意思が俺の思う最悪なものであった可能性を考えると躊躇《ちゅうちょ》してしまう。万が一の奇跡が起きたとして、何か事情があるにしても、伝える手段などいくらでもあるはずだ。

つまり、答えは簡潔で、残酷。

すずは多分、俺に会いたくないんだということ。

「……、」

だめだ、これ以上ここにいたら、泣く。

既に鼻の奥が痛くなってるから、全てを覆うようにマフラーを上げてその場から立ち去った。あんなに毎日飲んでいたのに、完全に冷えきった体を温めるための飲み物を買おうとも思わない。

すずがいないと選べない。

コーンスープかココアか。

彼女が選ばなかった選択が、俺が選ぶべき選択だったから。

家に帰ると当たり前に誰もいなかった。相変わらず期間限定の一人暮らしが続行中だから、おかえりなんていつから耳にしてないかも分からない。

　誰かさんのせいで完全に夜行性へと切り替わってしまった俺は、日付が変わったくらいの時間帯じゃ眠くなどなれない。先程まで極寒の中にいたくせに、頭を冷やしたくて冷蔵庫にあった炭酸飲料を掴《つか》んだ。暖房がきくまで上着を着たままベッドの上に胡座《あぐら》をかいて座る。

　一口、口に含めば独特の清涼感と共に、炭酸の刺激が口内を弾《はじ》いた。あまりに冷たすぎてちびちび飲んでいれば、壁にかかった制服が目に入る。

「…………」

　行ってみるか、学校。

　どうせ暇だし、時間つぶしにもなるし、そろそろ留年しそうでやばかったし。担任にも挨拶《あいさつ》しなきゃだし。

　それにすずと同じ学校らしいし。どうせ行ってないだろうけど、万が一ということもあるし、もし、なんの収穫もなければ明日《あした》こそ家に突撃しよう。そろそろ限界だ、俺が。あんなに嫌われるのが怖いとびびっていたくせに、それを上回るくらいの欲求。

　とりあえず、会いたすぎるんだよ、仕方ねえだろ。

　やけっぱちの目標を胸に抱え、缶の中身を一気に飲み干した。次の日、恐ろしいほどの眠気に襲われながら、実に数ヶ月ぶりの制服に腕を通した。

「明日までに染めてこい」

絶対怒られると思ったからパーカーを被《かぶ》って隠しながら行ったのに、速攻捕まって説教をくらった。

★☾.☆

久しぶりの担任は相変わらず、無関心浜崎すぎてなんかちょっと安心した。

「すみません」

とりあえず素直に謝っとく、が、俺の明日はいつになるか分からんよせんせー。学校はもう卒業さえできればそれでいいので、受験もする気ないし。

三年の冬など、受験勉強真っ只中《ただなか》で空気がピリついていた。もう既に大学が決まってるやつ、専門学校に行くから今の授業にやる気のないやつ、そもそも勉学を放棄して就職に走る俺みたいなやつ。

だから久しぶりの教室に入っても、「環ー！　ひさしぶりじゃーん！」と迎え入れてくれるのは、なににも追われていない同類ばかりだった。真剣に未来を掴もうとペンを握っているクラスメートは、騒ぎ立てる俺たちの方に、嫌悪感に塗《まみ》れた視線をよこすだけ。

「あれ、お前らなんで学校来てんの？」

「いや、俺らより幽霊なお前が言うなって話な？」

「ま、暇だし、卒業するまでの間、通っとくかって」

「ふーん」

当たり前に自分の席を忘れている俺は、人に教えてもらわないと自分の机と椅子すら選べない人間になっていた。窓際、前から3番目。前に座るクラスメートと目が合ったので軽く会釈すれば、戸惑いながらも返してくれた。

黒髪のツヤツヤしたロングヘアが、誰かを思い出させる。誰かなんて決まっているけど。

すずと、学校、一回は通ってみたかったなーと思いながら窓から校庭を見下ろせば、ちょうど体育でマラソンをしていた。

三年生になってからこんな風に窓の外を眺めることは、数えるくらいしかしていない。まだ真面目だった一年、サボることを覚えた二年、その時代に眺めた景色の方がより鮮明に残っている。

学年が上がる毎《ごと》に、だんだんと見える景色の高さが低くなっている。というのも、俺達の学校は学年が上がると教室の階が下がっていくのだ。一年は三階、二年は二階、三年は一階のように。

年上に敬意を評してなのか、勉学への比重が大きくなる三年が、教室に到着する時間を軽減するためか。

なんにせよ、一年生の時は春夏秋冬三六五日のうちの平日、毎日階段を上っていた。これが中々にきつくて朝の時点でもう体力を浪費する羽目になった。だからそれなりに足腰が強くなっていた気がする。

今ではこんなにも地面が近くなっていたのか。同じように席について、同じように頬杖《ほおづえ》をつき、同じように外を見下ろしても。

もう少し真面目に通っていたら、同じように真面目に通っていたかもしれないすずとすれ違えたのかもしれない。

そんな「もしも」に思いを馳《は》せていれば、懐かしいチャイムの音が響き、俺の物憂げタイムは強制終了された。

「環〜、せっかく来たんだからこの後みんなでご飯食べない？」

「あー、悪い。この後知り合い捜さなきゃいけなくて」

「知り合い？」

「うん」

学校に通っていた時はよくつるんでいた、ノリのいいクラスメート達の誘いを断り、俺は想い人の残り香を探す旅に出た。

すずはあんまり学校のことを話したがらなかった。不登校と言っていたし、詳しいことを知られたくなかったんだろう。

でももう知らねー。そっちがその気なら俺から行くしかねえだろ。すずが悪い、全部すずのせいだし。

と、もはや投げやりの開き直った状態で、意外にマンモス校でクラス数もそれなり多い校内を練り歩く。ひとクラスずつ全部回れば、誰かしらあいつのことを知っているだろう、と楽観的な思考が甘かった。

「…………」

楽勝だと思っていた捜索は、予想外に難航することになる。

……どういうことだ？

誰もすずのこと知らないって、そんなことある？

「七崎すず～？　そんな子うちのクラスにはいないよ？」

「えー、きいたことねえなー」

「不登校なんか一人もいないけど。みんな出席してる」

「黒髪でロングヘアで目がでかくてめっちゃ可愛い子？　そんな子俺が知りたいわ!!」

……七崎すずさん、あなた、俺に経歴すらも嘘ついていたんですかね？

いくら人に尋ねても、ヒットする情報はひとつもなく、もはや七崎すずとは概念なんじゃないかと思い始めたくらい途方に暮れていた。この場所でこの学校で、彼女のことを知っている人間が自分ひとりという可能性が出てきて恐怖すら覚える。

すずが、俺に話していたすず自身のことが、全部嘘だったなんてそんな悲しいこと信じたくなかった。それが事実なら、俺が今まで一緒に過ごしてきた彼女はなんだったのか、一欠片《かけら》も信用されてなかったんじゃないか。かなり傷つきそうな予感がして病む一歩手前のところ。

「げ」

結局、自分のクラスに戻って席で力なく座っていたら、嫌悪感丸出しの声が聞こえた。顔を上げると、つい一週間ほど前ファミレスで鉢合わせた顔と目が合う。

「……井上」

「……えー、なんで環いるの？　私めっちゃ会いたくなかったんだけど」

「いた……」

「は？」

「俺以外にすずのこと知ってるやついた……」

「言ってることが意味分からないんだけど」

井上は明らかに嫌がってたけど、俺は嬉《うれ》しすぎて井上にどんな邪険な対応を取られようと構わなかった。無理やり彼女を捕獲して、事情聴取を始める。

「この前すずと話してたじゃん。ちょっと聞きたいことがある」

「……なに、あの女私のことなんか言ってたわけ？　確かに私から喧嘩《けんか》売ったけどさあ、あの女もなかなかいい性格してたよ」

「……え、……まあ、その話もあとで詳しく聞かせてもらうけど、井上なんかすずのこと知ってるっぽかったじゃん」

「だって同じ学校じゃん。一年のとき同じクラスだったし」

「それが欲しかった……」

「は？」

「いやなんかさ、三年のクラス回ってもどこにも七崎すずなんかいないって言うからさ」

「？　当たり前じゃん」

「え？」

「え？」

しばらく沈黙の間、俺と自分との会話の噛《か》み合わなさに逡巡《しゅんじゅん》した井上は、何かに気づいたかのように眉間《みけん》に皺《しわ》を寄せた。「あの女、やっぱ言ってないんじゃん……」とぼそりと呟《つぶや》く言葉に、ますます疑問が深まっていく。

「……私が悪いんじゃないから。あの女がさっさと環に言わなかったから悪いんだよ」

「、どういうことだよ」

「言ったじゃん、一年のとき同じクラスだったって」

「だから分かってるって」

「七崎さんのクラスここじゃない」

「は？」

「七崎さんのクラス、三階だよ」

井上の言葉の意味が理解出来ず、時が止まる。

やがて思い出すのは、さっき教室で見下ろした窓からの風景。三年前と違って、低くなった教室からの世界に浸っていた。

俺達の学校は、学年が上がる毎に階が下がっていく。

俺達三年生は一階、二年生は二階、一年生は三階、のように。

『なんなら環も一緒のクラスだったじゃん、一年のとき』

『ほら覚えてない？　入学してから一ヶ月くらい経ったときかな、女の子が階段らへんで倒れて一時期騒ぎになってた』

『三階までの階段の上り下りが、体に負担がかかりすぎたんだって。ずっと我慢して通ってたらしいけど、倒れちゃってから入院長引いたらしくて、それから学校一度も来てないから一年生のまま』

『詳しくはよく分からないけど』

『なんか、重い心臓の病気らしいよ、あんたの彼女』


「……、こんなとこにいたんじゃ気づかねーよ、すず」

一歩、一歩、階段を上る度に現実味がなくなっていくのは、自分が夢だと信じたかったからなのか。

知り合いなどほとんどいない廊下を進んで、懐かしさすら感じる教室に辿《たど》り着いた。ほとんど生徒は残っておらず、急に現れた高学年の姿に驚いた表情が、二歳しか変わらないのにやけに幼く見えた。

知りたいことを尋ねれば、親切に教えてくれた。彼女の席にも案内してくれた。後輩の鑑《かがみ》だと褒め讃《たた》えたいくらい対応が神だった。あとでちゃんとお礼しておこうと思う。

すずの席は窓際の一番後ろにひっそりと存在していた。邪険に扱われることはないけど、どう接していいのか分からない距離感にいる、気まずさを感じる同級生であるかのように、息を殺すようにそこにあった。

机を優しくなぞってから、縁に手をかけて、思わずその場にしゃがみこんでしまった。知ったばかりの事実が重すぎて動けなくなる。

一番知りたかった真実を、一番聞きたかった人の口から知り得ることが出来なかった。その絶望がありありと顔に表れていたのか、さすがに井上も気まずそうで、ごめん、と謝罪をもらった。

井上は悪くない。でもそうやってフォローすることもできなかった。

今まで何も知らないでのうのうと生きて、何も考えず彼女の隣にいることに幸せを感じていた自分は、大罪を犯した気分だった。

心臓の病気？　なんだよそれ。

どれくらい重いんだよ、命に関わるほど？

学校通えなくなって留年するくらい？

階段の上り下りすらきついって相当なんじゃねえの。

俺色んなとこ連れ回したじゃん。体力ねえから運動しろって指摘したこともあった。

初めて出かけた日なんてそれなりに走らせたし、

もしかしたらセックスだって、

「…………、クソ、」

俺のせいでもしかしたら、何度も危ない目にあってたのかもしれない。ファミレスで具合悪そうにしてたのも病気のせいかもしれない。泊まりがダメなのだって、全部。

俺との付き合いで、すずは何度もタブーを犯して、ついに最悪な状況に陥ってしまったのだろうか。だから突然俺の前から消えてしまったのだろうか。

考えれば考えるほど全てが直結して、俺という凶悪因子が彼女の未来を歪《ゆが》めた答えが腑《ふ》に落ちた。机に触れる手の力が無意識に強くなる。

「まじで死ねよ、自分……」

いっそのこと誰か殺してくれ。

空が夕暮れを超え暗くなるまで、しばらくその場所を動けなかった。

★☾.✩

「あれ、柳瀬《やなせ》じゃん」

どれくらいそうしていたか分からない。項垂《うなだ》れたままの自分の名字が呼ばれたので、顔をあげれば久しぶりに会うクラスメートの姿があった。

「三限……」

「何してんの、そんなとこで」

「お前こそ、ここ一年のクラスなのに」

「俺はちょっと頼まれたから」

三隈はそう言うと慣れたようにすずの席までやってきて、机の中に手を突っ込み始めた。え、と戸惑う俺の目の前で、中にある資料やら課題やらを紙袋に詰めていく。

「知り合い？」

「え？」

「七崎と。二人共通点あるように見えないけど」

「……ああ、うん、彼女」

「え」

完全に動きを止めて三隈がこちらを振り返る。切れ長の瞳《ひとみ》が驚いたように見開かれて凝視されるので、いたたまれない気持ちになった。

いや、まだ別れたわけじゃないし、俺は嘘はついてないはずだ。なけなしの虚勢でなんとか自分を奮い立たせていると、「なるほど、母さんが言ってたのは柳瀬のことだったのか」と納得した声が聞こえてきた。

「どういうこと？　てか三隈はすずとどういう関係？」

「俺ん家《ち》、七崎の家と激近なんだよ。子供が同い年なのもあって母親同士が仲良くて。

「……そうなんだ」

「だから七崎のことたまに聞く。最近彼氏できたらしいって話してたからふーん、って。まさか柳瀬のことだったとは、おもしろ」

「……面白くはねーだろ、こっちは今さっき、色々と、知ったんだから」

この言葉を言うのが恥ずかしいと思うくらいに、自分の不甲斐《ふがい》なさを痛切に感じている。

俺の言葉にまた目を丸くした三隈は、しばらく考えてから、諸々《もろもろ》の荷物が入った紙袋を押し付けてきた。反射で受け取りながらも戸惑う俺に、三隈は勝手に話し出す。

「ご近所のよしみで七崎に出された課題とか、書類とか俺がたまに届けてる。イッチーからの手紙もそん中に入ってる」

「……なんでイッチー？」

「イッチー、一年のときに七崎の担任でそれからずっと気にかけてる。暑苦しいけどいいやつだから、今では文通仲間らしいよ」

『テンション馬鹿高くて暑苦しいよな』

『うん……、でもいい人だから、嫌いじゃない』

『分かる。なんかちゃんと考えてくれてる感じあるよな』

出会って初めの方に交わした会話を思い出す。そうか、だからあんな風に少し嬉《うれ》しそうに言ってたんだな。

懐かしさが痛みになって胸に刺さるから、思わず黙ったままの俺に、三隈が真っ直ぐな視線を向けてきた。

「柳瀬」

「……なに」

「何も知らなかったなら、今から知ればいい」

「………………」

「そしてお前は今すぐに、七崎に会いに行った方がいい」

「……なんで」

「入院してる、一週間前から」

その言葉に息を呑《の》む俺に、三隈が努めて冷静に事実を述べる。だからまだ平静さを失わずにいられたのだと思う。

「俺の代わりにそれ届けてきて。俺より好きな奴が会いに来た方が、七崎の力になるだろ。もしかしたら元気になるかもしれないし」

三隈は詳しいことは話そうとしなかったが、言葉尻《ことばじり》の仄暗《ほのぐら》さに焦りが募った。さんきゅ、と掠《かす》れた声でなんとかお礼を言って、教室を飛び出した。

自分でも無我夢中に走りすぎて、今にも落ちそうな夕陽と競っている感覚にもなった。

もちろん言うまでもなく、冬の気温は容赦なく俺の肌を刺す。けれど負けないくらいに、心が、体が、全身全てが、熱くて仕方なかった。

乾ききった空気、気を抜くと力が入る体、色のない景色、冬は寒さだけでなく、どことなく命が霞《かす》んで見える。言っていいなら、四季の中で飛び抜けて嫌いだった。

なのにどうしてか、今年の冬が俺の中で一番鮮やかに記憶として残っている。一生大切にしたいと思える出会いがあったから。二度と眠りから醒《さ》めたくないと血迷うくらいの、夜があったから。

目まぐるしく過ぎ去っていく景色の中で、毎日訪れる公園が目に入った。それだけで何故か泣きたくなった。

すずに会って、俺は何を言えばいい。

謝るのか、怒るのか、責めるのか、それとも好きだ、とでも言うのか。

分からない、でも、会わなくちゃだめだ。

今この瞬間から逃げたら、俺は生きてる限り後悔する。

荒ぶる息を吐きながら、家の前に立つ。公園から五分で近くまで送ったこともあるから、すずの家の場所は知っていた。

走ることに夢中になっていたせいで、少し皺《しわ》のついた紙袋を整えてインターホンに手を伸ばす。すずの病院は知らないから、俺には家を訪ねるという選択肢しかない。

ピンポーン、と凡庸でしかない呼び鈴が響き、『はい』と女の人の声がする。すずによく似ているけれどすずじゃない。ばくばくと鳴り続ける鼓動の中、「柳瀬、環です」と振り絞った声は掠れていた。

返事はなかった。代わりに忙《せわ》しなく近づいてくる足音が聞こえた気がした。ガチャ、と音がしてドアの奥から現れた人物は、すずのお母さんだって分かった。

「はじめ、まして……」

俺を凝視する視線を受け止めながら、ぎこちなく挨拶《あいさつ》をする。頭のてっぺんから足の先まで容赦なく降り注ぐ眼差《まなざ》しが痛い。すずと同じ黒目がちな瞳を十分に動かしたあと、その人は俺を見て優しく微笑んだ。

「……ほんとだ、すずが言ってた通りかっこいいね、〝環くん〟」

恋焦がれていた人の名前が、その穏やかな声で紡がれたとき、込み上げる感情を押し込めるのに必死だった。泣きそうになっている目をそっと逸《そ》らし、俯《うつむ》く俺に、その人が一歩近づく気配がした。

「寒かったでしょ」

ふわり、と首に白いマフラーが巻かれる。優しく柔らかなその感触にいよいよ涙がこぼれ落ちそうになった。

懐かしい洗剤の匂い、懐かしい甘い匂い。

初めて出会った日、いっとう寒い真夜中の日。

あのときもすずはこんな風に、冷えきった俺に自分の温《ぬく》もりを分けてくれた。

思い出は目をつぶれば、眩《まばゆ》いくらいに鮮やかに蘇《よみがえ》ってくる。

——会いたい。会いたくてたまらない。

「今からすずに会いに行くんだけど、環くんも一緒に行く？」

だから、その提案はまるで救いのようだった。

残された道などそれしか見えなかった。

間髪を容《い》れずに頷《うなず》いたのは言うまでもない。

★☾⋆✩

病院なんてほとんど行ったことがないくらい、健康優良児だった。行ったとしてもやんちゃして怪我をした、など、病とは程遠い理由。

だからこの消毒液の香りと、静寂を保つことが当たり前な空間に慣れることはない。

そんな俺に反してすずは小さな頃からここに通っていたと、病室に向かうまでにすずのお母さんが教えてくれた。

「手術のために入院してたんだけどね、一昨日《おととい》くらいに今までで一番大きな発作が起きたの。ほんとね、これで最後なのかと覚悟しちゃった」

ひゅ、と鳩尾《みぞおち》あたりが一気に冷たくなり、どくどくと鼓動が乱れ出す。すずのお母さんの口調は決して重たいわけじゃなく、淡々と事実をこちらに伝えているようで、それがまた恐怖を煽《あお》った。

「あ、心配しなくて大丈夫。昨日何とか乗り越えて今は落ち着いてる。ただ、予定していた大きな手術が延期になっちゃった。今のすずの心臓は、手術に耐えられないから様子を見ましょうって」

綺麗《きれい》に磨きあげられた廊下はあまりに純白を保っているので、土足で歩くのも躊躇《ちゅうちょ》するくらいだ。一面白の世界で導かれるまま歩いた先に、目指していた部屋があった。

「環くんが会いに来るの分かってたのかも」

その人の声とともに扉が開いていく。

「だからすず、今も一生懸命生きてる」

会いたい人はそこにいた。

穢《けが》れることを知らない白と同化して消えてしまうんじゃないかと思うくらい、儚《はかな》く美しく眠っていた。

入口で立ち尽くして動けない俺を、すずのお母さんがそっと誘導してくれる。遠目から見たら人形のように微動だにしていなかったから、近づいていくにつれその胸がゆっくりでも上下していることを目に入れ、酷《ひど》く安心した。

艶《つや》やかな黒髪が白いシーツに散らばっていた。長い睫《まつ》毛《げ》に縁取られた瞼《まぶた》を完全に閉じきって、すずは穏やかな表情で眠っている。

彼女の寝顔をしっかり見るのはこれが初めてだった。あどけなく幼い寝顔に愛《いと》しさが募るけれど、彼女の体に痛々しい違和感が二つ。

華奢《きゃしゃ》な腕からのびるチューブと、呼吸を手伝うための酸素マスク。それだけで、彼女の現状がありありと突きつけられた。

ベッドの横には初めてデートした時にプレゼントしたとりのぬいぐるみが飾ってあって、本来なら和むものをそんな余裕もないのが悲しかった。

「……す、ず」

起こしてしまうかも、そんな気遣いさえ向けられなかった。ただ、呼ばずにはいられなかった。

「すず」

もう一度名前を呼べば、ぴくりと指が反応した。そして時の概念を忘れるほど、その瞳《ひとみ》が開かれるのを固唾《かたず》を呑《の》んで見守っていた。

黒目がちの瞳が、ゆら、ゆら、緩慢に辺りを見渡す。最初にお母さんを目に入れたすずは、どこか安心したように息を吐いた。それから瞬《まばた》きひとつしてから、こちらへゆっくり視線を動かす。

目が合った瞬間、悟った。

すずは分かっていたんだと。いつかこんな未来が訪れることを、分かっていたんだって。

「……環くん来てくれたよ。嬉《うれ》しいでしょ」

お母さんのその言葉に、すずは首を小さく縦に振って、それからなにかに気づいたように、今度は横に振った。その間俺からは一度も目を逸らさなかった。

「こら、せっかく来てくれたのにその態度はだめでしょ」

それでもすずは首を横に振った。

嬉しい、いや嬉しくない、

……やっぱり嬉しくない。

仕草から感じ取れる意思に、感情が迷子になりすぎた。

なんだよ嬉しくないって、傷つくだろうが。

色々言いたいことはあったけれど、視線に絡められて何も言えない。

捕らわれて逃げられなくなる、
俺も、すずも。

「お母さん席外すから、何かあったらナースコールしてね」

優しい声が終わる前に、ベッドに近づいてすずの手を握った。弱々しい力が拒否しようとするけど、絶対放すもんかと、それでも壊れないように握った。

すず、なんで言ってくれなかったんだよ。もっと早く教えてくれよ。そしたら俺、すずのこともっと大切にできたのに、無理なんかさせなかったのに。

馬鹿みたいな責めの言葉なんて、塵《ちり》のように消えていった。

「——気づいてやれなくて、ごめん」

するりとこぼれ落ちた言葉に、実感する。

俺はこいつが恐ろしいくらいに好きなんだって。

すずの真っ黒な瞳に、じわじわと涙の膜が張っていく。緊張した糸が今にも切れそうなぎりぎりのところまで、泣くまいと必死な姿があまりに健気《けなげ》で胸が張り裂けそうになった。

「たま、き」

小さな声が名前を呼ぶから、ひとつ残らず拾いあげようと顔を近づけた。ぼう、と俺の髪を見る癖は変わらなくて、大好きなすずが目の前にいる現実をやっと信じたくなった。

「ばれ、ちゃった」

少し苦しそうだ。喋《しゃべ》らないで欲しいけど、漏れる声が甘く鼓膜を撫《な》でる。どうやって遮れるというのだろう。

「ばれるだろ、すずは俺の事なめすぎ」、とせめて負担にならないような声のトーンで言葉を返した。俺の言葉を聞いたすずは深く息をついて、ゆっくりと目を閉じた。

それから何かを決意したようにまた、その瞳に俺を映してくれる。

相変わらず、水に溺《おぼ》れたまま。

「……はじめてあった日、たまき、ないてた日。わたし言ったでしょ」

初めて会った日。俺が恥ずかしげもなく涙を晒《さら》した日。

何か慰めの言葉をかけようと、こちらから見ても分かるくらい必死で考えてくれた、言葉。

『……私は人を好きになったことがないから分からないけれど』

「あのときは分からなかったけど、今なら、すごく、すごく、分かるの……だから会えなかったの……」

今は夜じゃない。だから隠してくれる闇はない。

まだ辛うじて太陽が生き残っているこの瞬間に、彼女の秘密が密《ひそ》やかに顕《あらわ》になる。

『私が死んだとしたら、こうやって毎年思い出して泣いてくれる人がいると、すっごく嬉しいよ』

目をつぶれば今でも鮮明に思い出す、
宝物のような夜の、始まりだった。

俺の手を握った指の腹が、優しく肌を撫でた。

やはり崩壊しそうな涙の膜はそのまま、俺を見つめて放さない、
すずは下手くそな微笑みを浮かべながら、色のない唇を動かす。

「すきなひと、二回もしんじゃったら、さすがにかなしすぎるじゃんね……」

――泣くな。

すずが泣くのを我慢してんのに、お前が泣くんじゃねえよ。

でも今この瞬間以上に、涙を流したいときなんてこの先生きてても絶対に訪れない。

絶対にない。

耐えきれず落ちてしまった涙を、すずは空虚な瞳で見つめながらそっと目を閉じた。

彼女は、最後まで、泣かなかった。

9. 残星徘徊

病院を出てからも涙が止まらなかった。

拭《ぬぐ》っても拭っても涸《か》れることなく流れ続けるから、最後はもう垂れ流し状態だった。

既に夜と呼ぶのが相応《ふさわ》しい時間帯になり、暗闇は俺の情けない泣き顔を隠してくれる。

涙が伝ったところが、どこよりも速く冷たく死んでいく。凍るんじゃないかと心配する前に、また熱いものが溢《あふ》れて零《こぼ》れるからキリがない。

夢じゃなかった、現実だった。

すずの、死に近い部分を見てしまった。

小さな手を握って途方に暮れている俺に、戻ってきたすずのお母さんが「もう帰りなさい」と、送り出してくれた。最後にすずの顔を見ても、すずはもう目を開いてはくれなかった。俺の姿なんか目に入れたくないとばかりに。

『……気を遣ってまたお見舞いに来てくれなくても大丈夫だからね』

帰り際、お母さんが言いにくそうに言葉を続ける。

『罪悪感とかも感じなくていいの、環くんは何も知らなかったんだから。知ったとして、すずから離れていく選択をしても、私はあなたを責めるつもりなんて一切ない。むしろ、……そうしてくれた方が私も心が軽くなる』

マフラー返さなくていいから。

その言葉の裏に、生半可な気持ちで近づくなという警告が読み取れた。

『すずは絶対助かるし、あの子の未来を信じてる。でもすずもそうだけど、環くんもまだ若い。だから、こんな、言い方悪いけれど、家庭の事情に他人のあなたを道連れにするわけにはいかない』

もう、目を合わせることもできなかった。被害者面する権利などないくせに、心が傷ついてズタボロだった。

『すずと仲良くしてくれてありがとうね』

終わりなのだと線を引かれた。

越えようという気力が、今の俺にはなかった。

それでも結局、この場所へ辿《たど》り着いてる。

自ら選ぶことなんてなかったから、たった二つの選択肢にさえ時間をかけてしまった。コーンスープかココア。ひどく頭も体も疲れていたから、糖分欲求の赴くまま指を伸ばした。

手のひらの温かさが、辛うじて俺を救ってくれていた。そのままブランコに座り込み、脱力してチェーンに体を預ける。

月が綺麗《きれい》なのが、皮肉だった。人気のないこの場所でなによりも大きな観客が、俺の顔を容赦なく照らしてくるから、なんとなく、もらったマフラーを引き上げた。

ぼー、と意識が霞《かす》むのと一緒で視界も朧気《おぼろげ》になってくる。目に入る遊具達の輪郭が滲《にじ》んで、なにものも判別できないくらいに、歪《ゆが》む。

『すきなひと、二回もしんじゃったら、さすがにかなしすぎるじゃんね……』

すずの言葉が頭の中に響いて、思わず目をつぶった。

否定なんかできない。なぜなら俺は知っている。痛いくらいに分かっている、誰よりも理解していたから。

あいつが、詩葉《ことは》が、死んだ時、めちゃくちゃ悲しかったのを知っているから。身近な人がこの世からいなくなる経験はあれが初めてだった。一生忘れることはないし、再び経験したくもなかった。

予告もなく二度と会えなくなる、
今日した約束は永遠に叶《かな》うことはない、
彼女のいる明日《あした》は儚《はかな》く消え去った。

忘れたくても消えてくれない、名残が、記憶が、薄くなっていくのにどれだけ時間がかかったか。

今よりも幼い頃に受けた衝撃は、大きくなった現在でさえ忘れた頃に蘇《よみがえ》ってくる。

これをもう一度、しかもかなり心を奪われている相手で、

……すずで、体現するのを想像しただけで。

……もう、生きていけない。

すずのいない世界で、生きていく自信がない。

顔を覆って何かを堪《こら》えるように低く唸《うな》る。嫌な汗が一気に吹き出し、呼吸が乱れ、動悸《どうき》が凄《すさ》まじくどうにかなりそうだった。狂いそうだった。

覆った指の隙間からまた涙が零れ落ちた。

どんだけ泣いてんだよ、もう一生分泣いてんじゃねえの、なあどうすんだよ。

これからどうすんだよ、
それでもすずを好きでいられる自信があるのか。

俺だって信じたい、すずに未来があるって信じたい、これからも一緒に生きていけると夢見たそれを現実のものにしたい。

でも、万が一、のことを考えて傍にいるなんて、それこそ自殺行為だった。途中で頭がおかしくなって逃げ出して、すずをどうしようもなく傷つけるなんてそんなことがあったら、俺は俺を許せない。

だからすずのお母さんの言ってることは痛いほど分かった。今、目の前にいる男が、娘を傷つける未来があるとするなら、そんな元凶は早めに排除するのが正しい。

俺だって分かってる。覚悟がないならもう、離れろって。すずのくれたあの拒絶が、俺にくれた最後の優しさだった。彼女は、最後まで、俺に優しすぎる。

でも、

「……なんでこんなに好きなんだよ」

二つしかない選択肢、
迷いもなく選びとるくらいには。

「なんでこんなに、好きになってんだよ……！」

俺は始まりの夜を、愛しすぎていた。

『私が死んだとしたら、こうやって毎年思い出して泣いてくれる人がいると、すっごく嬉《うれ》しいよ』

好きな人が死んだことがある、そう人に言えば大体の人間が優しい言葉をかけてくれた。

とりあえず気を遣って、同情で、気まずそうに。

それでも俺を思いやる気持ちが見えたから何も思わなかった。たとえ、その場しのぎの慰めの言葉だとしても、こんな重苦しい事実を突きつけた自分が悪いと思っていたし。

だから、すずの声がやけに心地よく鼓膜を撫《な》で、滑り落ち、体全体に染み渡ったとき、不思議な気分になった。

こんな、真夜中の偶然の出会い、その夜で終わるはずだった話。珍しく弱っていたから、その日会ったばかりの他人に身の上話をしてしまうくらいには口が緩かった。

すずにしてはいい迷惑だったことだろう。

今夜で終わるところを、今夜を始まりにしたいと願ったから、次の日も彼女に会いにここにきた。

本物だったから、
すずの言葉が、心からの気持ちだって分かったから。

彼女の小さな口から生まれた白い息が、風で舞う糸のような黒髪と交じり、夜の闇へと消えていく。

真っ直ぐに射貫《いぬ》いた大きな瞳《ひとみ》が、瞼裏《まぶた》にいつまでも残っている。

今なら、思う。

すずは、本当の本当に心の底から、そう思ってたから言ってくれたんだって。慰めや気遣いや同情なんかじゃなく、自分のことがあったから、本当のことしか言えなかったんだって。

気づくの遅くなって、ごめんな。

あの日からずっと、俺はお前のことが好きなんだよ。

★☾・☆

次の日、また病院に現れた俺を、すずのお母さんはびっくりした顔で迎えた。そりゃそうだ、遠回しに近づくなと釘《くぎ》を刺した人間が、懲りずにまたやってきたのだから。

色々な意味を込めて、「すみません」と謝った。俺の言葉を聞いたお母さんは、俺の真意を汲《く》み取るためにまじまじと見つめてくる。正直、泣き腫《は》らしたのがバレバレの目をしているので恥ずかしかったけど、なんとか気持ちが伝わったのだろう。

ふう、と深い息を吐いて、「やめといた方がいいと思うけど、」と聞こえた声は冷たかったけれど、「すみません、やめたくないです」と反抗した自分はかなりメンタルが強すぎて自分でひいた。

「……私はすずの味方だから、あの子が嫌がったらあなたとのこと反対するからね」

「はい」

「……時間の無駄だって、思わない？」

「思わないです」

「…………」

「すず、……さんと過ごしていた時間が人生でいちばん幸せでした。まだ十八年しか生きてないけど」

「…………」

「それでも十八年でいちばんは相当だと思います。そしてこれからもきっと更新し続けるから。それくらい俺はすずが好きです」

「…………」

「……あ、すずさん、が好きです」

「……若いね、子どもだね。信じるにはまだ弱いかな」

「……すみません」

「でも十八歳かあ。馬鹿にできない歳だし、結婚もできるんだよなあ」

感慨深く言ってから、「すずも十八歳になるのか～」とのんびりした声を出した。

そこでこの人はきっと、元来はこんな風に穏やかな人間なのだと知る。

「すずの最初の余命宣告、十五歳」

「え、」

「十歳の時に、心臓弱いねって言われたから。それで十五歳の時には二十歳って言われた」

「我が子ながらなかなかしぶとく頑張ってくれてる。だから二十歳までに手術を受けてもらって、無事成功して、余命宣告を受けないことが私の目標」

「…………」

「環くん、あなたの目標は？」

試されてる、と本能的に感じた。でも色々と計算する前に口から飛び出た答えが、俺の本心だった。

「俺は百歳まで生きる予定なので、俺より長生きしてもらうことです」

馬鹿馬鹿しいこの言葉がお気に召したらしい。すずのお母さんは朗らかに笑って、「センスがいい、とりあえず今日のところは追い返さないであげる」、と目を細めた。

多分、というか絶対、認められたわけじゃない。今日はたまたま許しをくれただけだってこと、俺にだって分かる。

昨日今日真実を知った俺よりも、遥《はる》かに長くすずの病気と向き合ってきた人だ。目の奥がちっとも笑ってなくて、静かに俺の一挙一動を監視していた。だからずっと緊張していたけど、逃げたいとは思わなかった。

完全に否定せずに、チャンスをくれた。それだけでこの人は信頼に値する大人だって理解できるくらいには、十八歳は決して子どもじゃない。

一回来ただけで完全に記憶にこびりついているから、すずの病室まで辿《たど》り着くのは容易《たやす》かった。相変わらず、全ての雑菌を排除したかのような白い世界と、鼻の奥をつんと刺激する消毒液の香りは、とても俺を歓迎してるとは思えない。

夜型人間と化したばかりに、今もその習慣が消えないすずは、日中はほとんど眠っていると教えてくれた。同室の患者さんに会釈をしながら、カーテンが引かれているベッドに近づき、そっと中を覗《のぞ》き込んだ。

昨日とは違うパジャマに身を包み、すずは眠っていた。相変わらずチューブと酸素マスクが視界に痛々しく映るけど、このまま安定していれば近いうちに取れることを教えてもらった。

白いとりのぬいぐるみを大事そうに抱きしめて眠っている姿を見て、胸がぎゅう、と締め付けられる。不謹慎だけど、可愛くて愛《いと》しくてどうにかなりそうだった。

起こしたいわけじゃないから、椅子に座って彼女の様子を眺めた。でもやはりどうにも恋しくて、じわじわと近づいて、そっと手を伸ばす。

直接触れたら起きる可能性があるので、髪の毛で我慢した。いや、髪の毛で我慢するとかそういうこと考えてる時点で気持ち悪いけれど、さらさらのそれを指で楽しんでいたらそんなことも忘れた。

しゅー、しゅー、と時折酸素が運ばれる音がする。その度、ゆっくりとすずの胸が上下して、白い肌がたまにぴくりと動くのを見ると安心した。よかった、ちゃんと生きている、と。

そしたら俺の凝視が伝わってしまったのか、急にすずが目を開けた。全く想定外だったから声を上げて驚きそうになって固まる俺に、すずの瞳がゆっくりこちらを向く。

また、ゆらゆら、焦点がさ迷っていた黒い瞳が、しっかりと俺に当たった。ぼー、と見つめられてドキドキしていたら、小さな口が控えめに動く。

「……かみ、きらきら、きれい……」

明るい髪が窓から差し込む光に透けて、彼女の瞳にはそう見えるのか。

もう一生金髪でいようと心に決めた。謎にじーんと感動している俺に、ふにゃふにゃしていたすずが突如はっと目を覚ます。そして俺を見る表情がみるみるうちに険しくなって、ぷいっと顔を背けて体ごと反対の方へ寝転がってしまう。

「すず、」

「帰って」

「…………」

「私、もう、環に会いたくない」

明らかな拒絶だった。なんなら手に力を入れすぎて、とりがしわしわになって苦しそうだった。そして予《あらかじ》め予想していたことだけど、すずから完全なる拒否を受けると、さすがにダメージが大きすぎた。

「すず」

「……何も言わずに離れたのはごめんって思ってるけど、私、もう、環と別れたい」

「………………」

「知られてしまった以上、絶対に無理だから。だって環は、私の事普通だと思ったから好きになったんでしょ。だから絶対無理」

「そんなこと、」

「無理なの。これ以上環がここにいると、心臓苦しくなって死ぬもん」

「………………、すず、さすがにそれはひどすぎる。言っていいことと悪いことが、あると思う」

弱々しく反抗すると、すずがはっと目を丸くしてこちらを振り返った。俺の顔を目に入れて分かりやすく傷つき狼狽《うろた》えたけど、すぐに険しい顔で俺を睨《にら》む。

「お前が一番、死ぬとか言わないで」

「……知らない、もう好きでもない人に優しくする意味なんてない」

「俺は好きだ」

「知らない」

「すず、」

「聞きたくない！　帰って‼」

　今まで聞いた中で一番大きな声だった。俊敏に起き上がったすずは、ベッド横のナースコールを手に取り、涙で潤んだ瞳《ひとみ》で俺を睨みつける。

　全然怖くないのに、何よりも心に刺さったその眼差《まなざ》しに、心臓が苦しくなって死にそうなのはこっちだと言いたくなった。

「私が、これを、押す前に帰って」

　窓からそそぎ込む夕日の光が、白い空間を橙色《だいだいいろ》に染め上げる。なんで涙を零《こぼ》さないでいられるのかと不思議に思うくらい、今にも崩壊しそうなのに、それでもすずは泣かなかった。

「そして、もう、二度と会いに来ないで」

「やだ」

　言った瞬間、ナースコールを押されて、俺は慌てて病室から飛び出した。

　あいつ怒るとあんな怖いの？　とビビりながら、そして、振られたショックに絶望しながら、今日の俺はとりあえず病室を後にした。

　今まで一度もしたことがなかったけれど、これが俗に言う、俺達の初めての喧嘩《けんか》だったのだと思う。喧嘩、なんて軽々しく使ってもいいのかと疑問に思うくらい、悲しくてやるせない言い合いだったけど。

俺が思うよりもずっと、すずは頑固だ。だからこの戦いはきっと長丁場になる。上等だ、受けてたってやる。開き直った俺ほどしつこい者はいないと思い知らせてやる。

と、威勢が良かったのは帰り道までで、結局いつもの公園のブランコの上でその日も泣いた。最近はまじで泣いてばかりだ。

★☾⋆✩

次の日も会いに行ったらすずは眠っていて、全然起きてくれなかった。もはや狸寝入りの説もある。

でも、そっちの方がいいのかもしれない。昨日と同じように面と向かって別れようなんて言われたら、連続のダメージによって心が壊れてしまう。

お見舞いに自分の家から持ってきた漫画を机の上に置いて、ひたすらすずの寝顔を眺め続けた。すー、すー、と心地よい寝息を聞いているとこっちも眠くなってしまって、完全に寝落ちしてしまう。

起きたら、すずが既に目覚めていて、俺を険しい顔で見ながらナースコールを持っていた。何か言おうとしたら押されて、慌てて病室を飛び出した。

次の日は、カーテンを開いただけでナースコールを押されたから、じっくり顔を見合わすことも、言葉を交わすことも、できなかった。

「今日は、逃亡しちゃったよ」

漫画の続きと、すずが好きなとりのお菓子があったので買っていけば、すずのお母さんに事実を突きつけられた。

「ナースコールを押しすぎて怒られちゃったから、今日は寝るの我慢してまでお散歩しに行っちゃった。面会時間終わるまで帰ってこないと思う」と、同情しつつも楽しそうな具合で言ってくるから、がくりと肩の力が抜ける。

「追いかけっこみたいなことしてるね」

「度々すみません……」

「いーえ。あ、あとそのお菓子血糖値上がっちゃうからだめなの。持って帰って」

「……他にだめなのありますか」

「ん？」

「すずの病気のこと、教えてください」

お願いします、と頭を下げれば、すずのお母さんが少し考え込んでから鞄《かばん》を探り始めた。取り出したものを渡されて見れば、それは薬剤情報が記されている紙だった。

「今すずが飲んでるお薬。調べてみたらいいと思う」

「！　ありがとうございます」

「病気のこと知りたかったら、本人に聞くのが一番だと思うけどね。でもすずはあの調子だから」

「……はい」

「結局、自分の体のことは自分がよく分かってるのよ」

棚に置いてあるくたくたになった病態と治療学の本。たくさんの付箋《ふせん》の量と、擦り切れたページとで、かなり読み込まれていることが分かった。そして本以外にも、病に関する論文が丁寧にファイリングされてあった。

「すず、かなり勉強してたから。無頓着《むとんちゃく》に見えて誰よりも熱心に調べてた。だから現実を受け入れるのも早かったし、自分が仮に手術が成功したとしても、予後が良好である確率とか、五年生存率とか、諸々《もろもろ》加味したらやっぱりね、他の人よりは生きにくいっていう結論になっちゃうんだよ」

「……はい」

「知ってもらえるのは嬉《うれ》しいと思う、すずも」

本棚に並べられている資料の写真を撮らせてもらって、帰り道に本屋に寄ってひととおり買った。活字から程遠い生活を送りすぎていたせいで、一頁にびっしり敷き詰められた文字を追うのが一苦労だったけど、すずのことを考えたら、どんなに面白い小説よりも頭に入ってきた。

次の日もすずは病室にいなかった。昨日のお礼にお母さんに、駅前にある人気店のケーキを買っていったら、特別にすずがよく出没するスポットを教えてくれた。

この病院の中庭にあるベンチ。あまり目立たないところにあるから、人も少なくて心地よいらしい。すずはよくそこで時間をつぶしているとの情報提供に飛びついて、さっそく向かった。

本当は学校をサボってもっと早くからお見舞いに来たいところだけど、素行の悪さが目立つと印象が悪くなるため（金髪の時点で危ういが）、いつも太陽が落ちる瀬戸際の時間帯が多かった。

夜中に出歩いてたのが懐かしいくらい、今では夕方の鐘を聞くのが日課になっている。面会時間が終わるのは20時で、だいたいそれよりは早く帰るようにすずのお母さんに促される。

ベンチに小さな人影が見えたとき、分かりやすく胸が高鳴った。一昨日《おととい》と昨日と、まったく顔も見られなかったため、純粋に会えるのが嬉しかったけど、俺の顔を見たらまた逃げるかも知れない。

ストーカーのように気配を消しながら近づけば、風で黒い髪の毛が揺らめいていた。恐る恐る隣に近づいて、ほっと全身の力を抜く。

「こんなとこで寝てたら風邪ひきますよ、すずさん」

起こすつもりはないから独り言のように呟《つぶや》いて、隣に座った。すずは首を少し傾けて、すー、と気持ちよさそうに寝落ちしていた。気づいたら酸素マスクはとれており、彼女の顔が完全に顕《あらわ》になっていた。

久しぶりに会えた、と言っても三日ぶりだけど。

でも嬉しい、可愛い、触りたいけど我慢。

すずの寝顔で充電していると、ふと手元を見て驚いた。こここそ積み本していた、お見舞い品の俺の漫画がその手にあったからだ。なんなら置いていった中でも新しい巻、完全に追いついてきている。

え、なに、ちゃんと読んでくれてんのやばすぎるんだけど……。こいつ寝てる癖に俺のこと悶《もだ》えさせてくんの何事。

長い睫《まつ》毛《げ》が時折揺れる。少し開いた唇が艶《つや》やかに誘ってくる。その誘惑に、負けないように我慢した。完全に太陽は落ちてきて、一気に温度が下がってくる。

真冬よりは気温が高くなったにしても、さすがにこのままだと体の方が心配だ。だから心を鬼にして「すず」と今度は起こす目的で声をかけた。

「すず、起きて。そろそろ病室戻ろう」

「ん、……」

「風邪ひく」

「……、」

軽く体を揺らせば、すずはゆっくりと瞼《まぶた》を上げた。俺を見つめる黒い瞳《ひとみ》が徐々に理性を取り戻していく様を見て、心が傷つかないよう守りに入る。

「……なんでここにいるの」

けれど結局、冷たい声に簡単に刺された。人形のような冷めた表情に慣れなすぎて、こちらも色々隠して声を絞り出すのが精一杯だった。

「もう帰る。とりあえず病室戻ろ」

「もう来ないでって言った」

「……、それに頷《うなず》いた覚えはない」

「勝手に隣に座ってて気持ち悪い」

「……俺はちょっとでも会えて嬉しかった」

「…………」

「…………」

「……ばっかみたい。さようなら」

手に持っていた漫画を俺に押し付けて、すずは駆け出そうとして、何かを思い出したかのように立ち止まる。悔しそうに唇を噛《か》んで、彼女のなりの早歩きで俺の前からいなくなってしまった。

地面に落ちてしまった、すずの手の温《ぬく》もりが残る漫画を拾い上げる。そのままベンチに脱力した。

すずの気持ちも分かるけど、時折、会えた嬉しさより拒絶された悲しみの方が勝ってしまい、さすがにしんどいときがある。少しくらい俺の気持ちも察してくれ、と我《わが》儘《まま》が込み上げてしまいそうになるけど、そんなこと、自己中心的な考えでしかないわけで。

どうにか、二人でじっくり、話せる機会が作れないものか。この終わりのない対立に、傷つくのが怖いと逃げ出す前に。

そう考える時点で、俺はどこまでも甘いクソガキだということをのちに思い知ることになる。

「……――っ、はあ、は、ぅ、！」

ほぼルーティンと化したこの日常に慣れていたのかもしれない、油断が生まれていたのかもしれない。すずが当たり前に生きていてくれること、当たり前じゃないことをもっと自覚しろ、と突きつけられているようだった。

廊下を歩いていれば、なにやら病室の前が騒がしかった。一気に嫌な予感が胸を染め上げ、慌てて病室に飛び込む。

聞いてるだけで苦しくなるくらい、ゼーゼーと空気を揺らす音。それはすずが必死で息を吸う音だった。

その背中を撫《な》でながら呼びかけるお母さん。忙《せわ》しなく動く看護師の姿。

すずはもう、顔色が真っ白で、額には汗が滲《にじ》み、胸の辺りを摑《つか》む手の力は血管が浮き出るほどで、ただただ苦しそうだった。看護師さんの呼び掛けに懸命に頷いて、ベッドに横たわり処置を受ける。

やがて先生が駆けつけて、また口に、取れたと喜んだのが懐かしい、酸素マスクが装着されて。

服を脱がされて華奢《きゃしゃ》な体が顕になる。胸の辺りに先生が手を伸ばして、

――そこまででカーテンが締め切られ、俺は部屋を出るように誘導された。

締め切った扉から、人の声が漏れ出る。完全に線引きされた外の世界で、俺は立ち尽くしていることしか出来なかった。時計の音が聞こえるんじゃないかという静寂の中、やっと事態が把握出来た瞬間、胃から強烈な何かが湧き上がり、トイレに駆け込んだ。

白い便器に吐き出す。胃の中のもの全てと、上手《うま》く言葉にできないぐちゃぐちゃな

感情ごと吐瀉《としゃ》して、震えて、泣いた。

何も出来なかった自分の不甲斐《ふがい》なさ、見ているだけでこんなにダメージを受けている弱さ、すずが常に死に近いことを理解して怖くなって、泣いた。

何が自分が傷つくのが怖いだって？　クソみてえな弱音も大概にしろよ。

すずの方が何倍も辛《つら》いのに、苦しいのに、結局自分の保身しか考えてない自分が、許せなかった。こんな体たらくで、よくもまあ、彼女の傍にいたいと口に出せたものだ。

汗と涙でぐちゃぐちゃになった顔を拭《ぬぐ》って、なんとか待合室の席までたどり着いた。

ただ膝《ひざ》の上で拳《こぶし》を握って祈るしかできない。

お願い、神様、なんでもします。

俺から、すずを奪わないでください。

あんなに可愛い子、生きてないと駄目なんです。

★☾.✩

「見てたでしょ……発作が起きるとこ……」

結局、その日、すずの処置は深夜までかかり、俺は帰宅することを余儀なくされた。

翌日、昼過ぎにすずのお母さんから連絡があって、すずが会いたいと言っているということを聞き、全速力で駆けつけた。

本来なら絶対安静だから面会は出来ないはずなのに、すずがどうしてもって。その裏に隠された気持ちは痛いほど分かってしまった。

疲弊しきったすずの顔を見て、涙腺《るいせん》がぶっ壊れる。項垂《うなだ》れて泣き続けていると、すずの細い手が伸びてきて、俺の手にそっと重なった。

「今日、呼んだのはわざとだよ、……環、分かるよね」

「……っ、」

「本当は会いに来てくれたの嬉《うれ》しかったんだよ。冷たい態度の取り方もよく分からないのに頑張ったの。なのに、お土産で置いていってくれた漫画も読んじゃうし、増えていくとりのグッズも気づいたらいじっちゃうし、環が帰るの窓からずっと見送ってたし」

「……すず、」

「だから、分かるよね」

力なく零《こぼ》される言葉が、俺の全てを壊していくようだった。嫌だ、無理だ、そんなの絶対受け入れられない、子どものように往生際の悪い単語が頭を回るけど、何一つ言葉に出来なかった。

「……環が泣く顔、見たくなかったんだよ……、それだけだったんだよ……、なのに今も泣かせてる……」

違う、これは勝手に俺が、

「だいすきなの……だからお願い、」

俺が、弱いだけで、
ずず、

「私のことは忘れて……」

なんでいつも、泣く前に目をつぶってしまうんだ。

どうして、俺の言葉を聞く前に、閉じこもるんだよ。

もっと上手く伝えられるように頑張るから、もう泣かないし、弱音も吐かない。だからチャンスをくれよ。

頼むから、俺を諦《あきら》めないでくれ。

そんな願いと裏腹に、翌日から完全に面会拒絶を受けてしまった。それでも俺は毎日病院に向かってしまう。

終わらせたくない恋情を抱えながら、決して軽くはない足取りで。

10. 昼想夜夢

愛《いと》おしい夜を手放す代わりに、夢を見るようになった。私はその夢の中では、罪悪感という感情がなく、思いっきり好きなことをして笑っていた。

今まで我慢してきたこと。

体は羽のように軽かったから走り回ったし、二度と出来ないだろうお酒や煙草も試してみたし、行ってみたかったクラブにも遊びに行った。

一般的に素行が悪いとされる行動は、恐ろしいくらいに刺激的で楽しかった。命をけずって遊ぶことは、同じくらい生きていると感じられた。

隣にはずっと、大好きな人がいてくれた。

その人と、生きていくことを信じて疑わない、私がいた。

溺《おぼ》れるくらいの涙が溢《あふ》れて、苦しくなって目が覚める。完全に朝が訪れる前に目覚めてしまうのは、未練が残っている証拠なのだろうか。

夜を愛していた。

二度と朝が訪れなくてもいいと思えるくらいに、あの人と出会ったその瞬間から、愛しすぎていた。

涙で濡《ぬ》れた頰を隠すように手のひらで覆って、深く息を吐いた。

暗闇に沈んだ孤独の部屋の中でひとり、信じられないくらい気分の上がらない朝がやってくるのを、息を殺して待っていた。

「環くんに会ってあげないの？」

聴診器を胸に当てられながら零された明日美ちゃんの言葉に、無言を貫く。表情を変えない私をちらっと見て、「鼓動、乱れなくなったね」と彼女は意地悪く微笑んだ。

「趣味悪いよ、明日美ちゃん」

「だって、ねえ？　私も初めは反対だったけど、あんなに健気《けなげ》な姿見ちゃうと、なんだかさー」

「……ただ単に、環の顔が明日美ちゃんの推しに似てただけでしょ」

「そうそう、ヨンジュンにそっくり、……、って、違くて」

聴診器を首にかけて、一瞬迷うような素振りを見せた明日美ちゃんは、机の中から一冊のノートを取り出す。「見て」と指し示される、でも首を横に振って拒絶した。

「私と環くんの交換ノート」

「……やだ」

「本当によく勉強してる。私が忙しくて中々会えないから、時間ある時にお願いします、って質問をしたためて。この間なんて懐柔した小児科の子ども伝いに渡してきたんだよ？」

「やり方が汚い」

「でもみんな環くん好きだからね〜。すずが会ってあげないから外堀埋められてんじゃん」

「………」

ほんと、やだ、あの天然人たらし。

最初から分かっていたけど。

あの見目麗しい外見で、人懐っこくて愛嬌《あいきょう》もあれば誰だって好きになる。だからあの人、人気者だったし。だからと言って、私のテリトリーでもやるのやめて欲しい。

「……看護師さんも、同室の患者さんも、受付の事務さんも、みんな言ってくる。環くんに会ってあげないの？　かわいそうよって」

「あーあ」

「お母さんは勝手に二人でデートしてきたってはしゃいでる。ほんとやだ」

「私も行きたいなあ、環くんとデート」

「ほんと、むり、嫌い」

「それが環くんなりのすずに対する報復じゃない？　絶対逃がさないという怨念《おんねん》を感じるね」

「……」

私が面会拒絶を宣告したので、看護師さんは環を病棟に通すわけにはいかなかった。それでもあの人は毎日来て、今日もだめですかって聞いてくるらしい。当たり前にだめなのに。

挙句、こっちが看護師さんに泣きつかれるのだ。「捨てられた子犬を見てる気分だから、すずちゃんお願い」って。そう言われるとなおさら心が認めるわけにはいかないと、頑《かたく》なになってしまう。

「ねえ、もはや意地になってるでしょ」

「……」

「頑固すぎる。誰に似たの」

「明日美ちゃん」

間髪を容《い》れずに答えたらすっごく嫌そうな顔をされた。「はい、今日の診察終わり」、と雑に告げられて、私も私で無愛想に退場しようとしたら、すっとファイルを渡された。

「すず、あんたの心臓、だいぶ元気になった」

「え？」

「手術受けられるよ。それに目を通してくれる？」

「…………」

「私はもうサインしてあるから。ちゃんとよく読んで、それから名前を書くんだよ。最後に決めるのはやっぱりすずなんだから」

「……うん」

ギュッと力強くファイルを胸に抱いて、心細さを誤魔化した。自分で決めたことなのに、私はまだ迷っている。みんなが推してくれる道なのに、簡単に選んでしまっていいのかって。

生きていいのかって、そんな当たり前のことを望むのを躊躇《ちゅうちょ》するくらい、生きてる意味が見いだせなくなってしまった。

診察室を出て、足早に自分の部屋に戻る。入院生活が長引くと、それぞれのベッドに個性が出てくる。

どんどん高くなっていく積み本は、本当はこっそり読んでいる。少しずつ多くなっていくとりのグッズは、たまに夜を放浪する時にゲームセンターで取ってくるらしい。美味《おい》しかったもの、綺麗《きれい》なもの、面白かったもの、毎日欠かさず報告と写真が送られてくる。私はそれに対して一言も返事をしてない。でも見てしまう、止められない、それを楽しみに一日を頑張っている。

一番大きなとりのぬいぐるみを抱きしめて、窓辺に近づいた。この部屋は、私のお気に入りスポットを、ちょうど見下ろすことができる位置にある。

私の特等席なのに、ブランコと同様、また奪われている。ミニチュアのお月様みたいな金色が、ベンチに座って本を読んでいた。顔が見えなくても恰好《かっこう》いいことが分かるから、なぜか苛立《いらだ》ちを感じてしまう。

子どもがお月様に近づいて、なにやら嬉《うれ》しそうに話しかけていた。お月様は本を閉じて、その子と同じ目線になるようにしゃがみこみ、頭を撫《な》でる。そして手を繋《つな》いで、本物の月が生まれそうな夜に歩いていってしまった。

そして私は、面会時間が終わったことを知る。

一日が沈んでいくことを知る。

自然とぬいぐるみを抱きしめる手に力が入り、自分が、お月様の背中が完全に消えるまで見送ってることを知る。

忘れて、なんて言っといて、

忘れられないのはどっちだ。

昼に想った人は、今日の夢にも出てくるのだろう。

分かりきった答えを永遠に繰り返している。

「環くん、最近は病院のボランティアにも参加してるみたいで、ほら、子ども会とかあるでしょ？　あそこで大人気らしいのよ～」

「ふーん……」

「あとね、知らないうちにパパともメル友になってて、今度お家にも遊びに来る予定だから、すずの部屋勝手に見せちゃうね？」

「なんでそんなことするの？　お母さん私の味方じゃないの？」

「味方だけど、お母さんは分かる。すず、環くん逃すと絶対後悔するからね。特にね、結婚考える歳になったら頭抱える羽目になるからね。そりゃ学歴はないかもだけど、あれは要領よく出世するタイプだから安心して、」

「お母さんまで環に絆《ほだ》されてる……」

「知ってるくせに。環くんがすずのこと大好きで頑張ってること、知ってるくせに。知ってるくせに無視してるすずの方が最近は悪い子に思えるよ」

「ひどい……みんな嫌いだ」

鏡の中の私はますます不細工な顔をして拗《す》ねていた。こうして、みんなが環のことを褒めて、私のことを責める度に、私はどんどん不細工になっていくのだ。

ハサミの小気味いい音が病室に響く。相変わらず私の専属美容師はお母さんなのは変わらない。

「お母さんも最初ちゃらそ～と思ってたけど、よく考えたら私の可愛い可愛い娘を見つけ出したことを評価すべきだと思ったんだよね。あなた見る目あるねってそうやってね」

「そんなこと、ないし。どうせ私のことなんかすぐに忘れて、すぐ新しく好きな人見つけられるよ」

「あら、本当にそうなってもいいなら、どうしてそんなに悲しい顔するの？」

「……」

眉《まゆ》が垂れ下がって、今にも泣きそうになっていたから、堪《たま》らず顔を覆う。くすくすと、何もかもを分かった上で笑ってくるお母さんは意地が悪い。全てをお見通しなのは、さすが母親と言ったところだ。

「手術の同意書、まだ書いてないみたいね？」

「…………」

「お母さんサインしとくから、あとで貸してね」

「……うん」

「すず」

髪を切る合間に、お母さんの手が髪を整えるために撫でる。その仕草にたくさんの想いが、愛が詰まっていることは、はるか昔から分かっている。

だからずっと、髪を切ってもらうのはお母さんがよかった。もしかしたらこれが最後になるかもしれないと考えると、絶対にお母さんがいいと思った。

「生きたいと思うのは恥ずかしいことじゃない」

「………」

「傷つきたくないから、全てを諦《あきら》めることが癖になる生き方を、気づかないうちに強いてしまってたならごめんね」

「そんなことない」

「大丈夫、すずは絶対長生きする。お母さんよりも長生きしてもらう」

「……うん」

「怖いなら、今じゃなくていいから、本当に心が決まった時にサインしてね」

「うん」

明日美ちゃんにもらった書類には、その夜のうちに全て目を通した。現時点の私の心臓は、日常生活に支障が出るレベルで脆《もろ》く弱い。大きな発作が頻発すれば耐えることができなくなって、最悪死に至ることがある。

手術を受けることでその生存率はぐっと高まる。けれど、長丁場になることもあり、私の心臓の耐久性を加味すると成功率は五分五分、手術中に不測の事態が起こる可能性もあり。

麻酔を受け強制的に眠らされ、そのまま二度と目が覚めないこともある。何度も言うが、私はそれが一番怖い。

怖いけど、こうして優しさに、愛に触れる度、欲張りな心が生まれてどんどん迷っていくのだ。

私ももっとこの人達と一緒に生きていきたいと。

「……あのね、お母さん、手術は受けるつもりだよ。だから安心してね」

「……すず」

「でもそれと環のことは全然別件だよ。私達もう別れたんだから」

「お母さんからすれば、それとこれとが違うなら、環くんのことは関係ないじゃない。好きなら好きって言いなさいよ」

「……好きじゃないし」

「嘘つきすぎる顔ね。撮って環くんに送っちゃうよ～」

「やめて」

「その頑固な性格誰に似たのかしら……、……あ、」

「え」

「前髪切りすぎた……」

「えー……」

やってしまった、と焦るお母さんの声につられるまま視線を鏡に向ければ、完璧《かんぺき》に眉より上に切り揃えられた前髪がそこにあった。

相変わらずお母さんは、似合ってるから大丈夫、と苦し紛れな声を出す。私は環のこともあったので、わざと大袈裟《おおげさ》に拗ねた振りをした。

それとこれとは別ということなんて、とっくの前から分かってる。

環はきっと、私が病気だとかそんなの関係なく、好いてくれていること、直接聞かなくても伝わってきた。

私が会おうとしないから、こうして周りを固めていく方法でしか伝えられないから。そしてそれがかなり効果覿面《てきめん》なので、最近はもうなんで避けてるのか分からなくなるほどだ。

ほんとにいじらしくて愛《いと》しい。大好きだ。

だからこそ、やっぱり悲しい思いはして欲しくなくて、泣いても欲しくなくて、私と全然関係ない場所で幸せになれるなら、やはり彼を放してあげるべきだと思う
私は、おかしいのだろうか。

★☾ ⁘☆

「……よし」

七崎すず。

自分の名前をここまで丁寧に書くことなんてこの先あるんだろうか。たくさんの複雑な感情を込めて記したその文字は、とても上手とは言えなかったけれど、どこか清々《すがすが》しさを感じた。

今日の診察の際に明日美ちゃんに渡せば、じっと紙に目を通して感慨深く、息を吐いた。「いよいよか」とぽつりと零《こぼ》して、それから私を見つめてにっこり微笑んだ。

「やっとすずを治してあげられるから嬉《うれ》しい」

「明日美ちゃんが執刀するの？」

「いーえ、私は残念ながら補助です。でも私が世界一尊敬している恩師に頼んだから安心してね」

「あ、相模《さがみ》先生？　すごい忙しいのに私なんかの手術してくれるの？」

「私なんかじゃないでしょ。私達の可愛いすずの、よ」

手にした書類内容を慣れたようにパソコンに打ちながら、「相模先生のスケジュールもあるから、手術は来月の3日ね。あと個室に移動してもらうから、今日中に荷物の整理しといてね」と次から次へと指示を受けて理解が追いつかない。

「個室に移動するの？」

「うん。手術までは人の出入りもなるべく少ない方がいいし、すずのメンタルケアも兼ねて」

「個室、贅沢《ぜいたく》な気分だけど嬉しい。ちょっと楽しみ」

「一週間前くらいからは面会も制限するから、それまでにお友達とかに会っときなね」

昔、どうしても相部屋のベッドが空いてなくて、個室で数日間過ごしたことがある。

自分の家の部屋よりも広くて、何だかもうひとつ自分の世界が出来たようだった。早く寝なきゃいけないのに、なぜか窓を開け放して、外の暗闇と中の白さを比べて楽しんでいた。月の明かりが白に反射するのを見るのも好きだった。

病室に戻ってお母さんに伝えれば、なぜか楽しそうに「じゃあお母さん許可もらって泊まっちゃお〜」と言い始める。本当は宿泊はよっぽどのことがない限りは許可が下りないんだけど、私はこの病院に長い間お世話になっているので多少融通が利きやすい。あと明日美ちゃんの力もある。

前の人の痕跡《こんせき》が一切排除された、清潔な広いお部屋に引っ越したとき、いよいよか、と身が引き締まる思いだった。

今まで薬物治療でなんとかもってきた。外科的な治療はこれが初めて。体を切るのも全部初めてだ。

昔、同じような心臓の病気の子と仲良くなって、その子は手術経験があったので見せてもらったことがある。胸に痛々しく残る傷跡。

でも全然へっちゃらそうだった。

こんなの、大人になれることを思えばなんてことない、と笑っていた。

私も笑えるだろうか。全てを成功させて目覚めた時、笑えるだろうか。今目線の先にある、傷ひとつない胸はもう帰ってこない。確実に残るだろう傷跡を、まるで勲章のように誇れるだろうか。

そう思えば、綺麗《きれい》な体のうちに環に見られといて良かったのかもしれない、と、唐突なポジティブシンキングが湧いた。そして蘇《よみがえ》る記憶でかーっと体が熱くなった。

そういえば余韻に浸る間もなく、入院やら発作やら別れ話やらで忘れていたけれど、私環とそういうことしたんだった……。あんなに恥ずかしい思い、この先一生ないんじゃないかってほど、なんか、すごかった……。とにかく、すごかった、し、環、えっちだった……。

一人でかーっと顔を赤くさせながら、とりを抱きしめる。ばくばく動き出す心臓を落ち着かせれば、不意に会いたくて堪《たま》らなくなった。

きっと手術の日が近づけば近づくほど、私は環に会いたくて会いたくて仕方なくなる。もしかしたら、万が一、二度と会えなくなる可能性もゼロじゃないから。

スマホを明るくしてみると、今日も環からのメッセージを受信していた。夜ご飯は自分で作ったみたいで、オムライスの卵を失敗したと悲しんでいる。確かに卵はグチャグチャで上手とは言えないけど、普通に美味《おい》しそうだった。

スマホを胸に抱いて、そのままベッドに横になる。ぽす、と枕の空気が抜ける音が響いて、この瞬間はひとりなんだと知らしめてくる。寂しさを埋めるために画面に指を伸ばして、なんとか堪《こら》えて目をつぶった。

仮に、一度も信じたことのない神様が。

私に優しさをくれるくらい機嫌が良かったとして。

手術が上手くいって、リハビリも頑張って、思いっきり走れるようになったら、会いに行ってもいいですか。

自分から突き放しといて虫が良い話だけれど、たとえ環が私以外の誰かとの未来を歩んでいたとしても、一目会うくらいは許してくれますか。

太陽が照る明るい朝の世界を、一瞬でもいいからふたりで歩くことを、許してはくれませんか。

私はもう、それだけでいい。離れていても十分、私の命になってくれたあの人に、望むことなんてない。

我儘《わがまま》を言うなら、もう一度、あの美味しいとは言えないけど他のよりはマシな、コーンスープとココアを一緒に飲みたかったな。

誰もいない公園で、二人だけの夜の中で、

すっごくくだらないことを笑って話しながら。

★☾ ⋰☆

仕事の早いお母さんはさっそく明日美ちゃんに許可をとって、今夜には泊まりに来るらしい。準備をしてくるから、すずはお母さんの寝床を用意しといてね、なんて娘の使い方が荒い。

簡易ベッドをせっせと組み立て、受付に毛布やマフラーを借りに行ったりしてれば、なんだか私までワクワクしてきた。しばらく人と一緒に夜を過ごしていないから、今日のお泊まりが楽しみになってくる。

一通り準備を終え、時計を見ればちょうど夕暮れ時だった。お母さんは面会時間が終わってから来ると言っていたから、まだ時間がある。

毎日の習慣と化していたから、今日もいつも通り窓辺に立って見下ろし、あ、と気づく。そっか、ここは前までの病室じゃないから、中庭が見えないんだ。

しばらくショックで立ち尽くす。ただでさえ面会拒絶しているため、こっそり見るしかその存在を確かめる術《すべ》はなかったのだ。上から見下ろすミニチュアお月様を一日見なかっただけで勝手に悲しくなってくる。

おそらく、今日も私の特等席だったベンチに座って本を読んでいるんだろう。そして座ってるだけで様になる彼に引き寄せられて、必ず誰かに話しかけられる。

私は環が本を一冊すら読み終えられてないのを知っている。いつも話しかけられるから読み進められないのだ。毎日同じ本を持っていて、そしてそれは、私の本棚に入ってる本と同じタイトルのもの。

全然勉強できてないじゃんね。とか、口では言っちゃうけど、本当はすごく嬉しかった。あんなに知られたくなかったのに、いざ知ろうと努力してくれてる姿を見ると、すごく嬉しい気持ちでいっぱいになった。

私が飲んでる薬も全部言えるみたい。今から受けようとしてる手術のことも、明日美ちゃんに聞いてるみたい。そういうの全部、環本人からじゃなく、間接的に耳に届く。だからこその嬉しさもある。

きゅう、と胸がすぼまった。環のことを考えると心臓が苦しくなるのは否めない。でもみんなが言うように、それとこれとは別問題。だから環のせいで心臓が暴れても、それが病むことに繋《つな》がるわけではないと、そんなことは私が一番よく知っている。一度、冗談でも言ってはいけない言葉で、彼を拒絶して傷つけた前科がある。あの時の環の顔、思い出すだけで自分の醜悪な部分を思い出して吐きそうになる。

ごめんね、も、ありがとう、も、言い足りない。

私がもっと賢かったら、もっと上手に距離を取れたのかな。

ぼんやり後悔に思いを馳《は》せていれば、知らない間に時間が経っていた。どっぷりと太陽が沈んで暗くなってきたから、冷え込んだ風が入り込んで我に返る。

電気も点《つ》けるのを忘れていたから、部屋は薄暗かった。けれど陰っていく世界に順応した目のおかげで、全く見えないと言う訳でもない。

風邪を引いてしまうのを危惧《きぐ》して窓を閉めようとしたそのとき、ノック音が響いた。お母さんが来たのだと思い、「はーい」と返事をしながらドアノブに手をかける。

——開けた瞬間、ふわりと香った。

それはお母さんの香りじゃなくて、どことなく懐かしくて、泣きそうな香りだった。ゆっくりと顔を上げる。そうしたら、今日は見ることのできなかったお月様が上から零れ落ちてきた。

「……しー」

咄嗟《とっさ》に声を出す前に、先手を打たれる。口元に指を当てられて何故か従順に従ってしまい、わけも分からずそのまま部屋に戻される。

ガチャン、と後ろ手にドアを閉められた。

ただただ、心臓が鳴る。

恋焦がれた低い声が、耳を撫《な》でた。


「こんばんは。お母さんです」

お母さんじゃないじゃん、
ほんとに、もう、やだ。
やられた、という表情を前面に出した私を見下ろして、環は楽しそうに目を細めて微笑んだ。

★☾✩

「こんなの、病院にバレたらまずいんだからね」

「一応、保護者と主治医には許可済みだけど、だめ？」

「……本人の同意がないとだめだよ」

「じゃあ今聞く、だめ？」

「……だめ」

入口付近で環が胡座《あぐら》をかいて座っている。対して私は自分のベッドの上にいるから、その距離は決して近いとはいえない。

部屋の端と端で顔を見合わせている。なんならもっと遠くないと心臓の音が聞こえてしまうんじゃないかってくらい、ドキドキが止まらなかった。

なんで、とか、どうして、とか疑問が湧く前に、スマホから「楽しんでね〜♪」とメッセージがきた時点でわりと諦《あきら》めてる。お母さん、と責めたいけど当の本人はここにはいない。

「前髪切ったんだな」

「……お母さんが切りすぎちゃったの」

「うん、だろうなとは思ってた」

「…………」

「初めて会った時みたい。可愛い」

「……、」

感慨深く言ってから、はあ、と息をついた環は、口元を両手で覆いながらギュッと目をつぶった。何その反応、と目を丸くすると、「いや、」と少々視線をさ迷わせなががら、ちらっと私を見る。

その目元は、少し赤い。

「すずが目の前で喋《しゃべ》ったり動いたりしてるから、なんか感動して」

ここに来てから直球がすぎるのだ。

「ずっと会いたかったから、めちゃくちゃ嬉《うれ》しい。嬉しすぎて泣きそう」

私はどうしたらいいのか分からなくて泣きそうだ。

迷子になりかけの心をなんとか保っていたくて、とりを抱きしめる手に力を込めた。

「……帰った方がいいよ。ここにいても時間の無駄だよ」

絞り出した声の弱々しさは、過去最高を更新している気がする。

「私達もう恋人同士でもないんだし、夜一緒にいるのなんて変だよ」

自分の吐き出す言葉が、容赦なく心を抉《えぐ》っていく。叫びたい感情が真逆すぎると、体がバラバラになる感覚に襲われるんだって、最近分かってきた。

「まだ警備員さんに言えば、扉開けてくれると思うし、」

「うん。すず、そっち行っていい？」

「……私の話、聞いてる？」

「聞いてる、けど、聞かない」

環がその場に立ち上がっただけで、びくりと体を揺らしてしまった。そんな私に困ったように笑いかけながら、環が一歩足を踏み出した。

「嫌だったら言って。止まる」

「……なに、それ」

「すずの嫌がることは絶対しないから」

「……、分かった」

一歩、一歩。ゆっくりゆっくり。

私がいつ止めてもいいように、そして決して見つめる眼差《まなざ》しを逸《そ》らさずに。

縋《すが》るようにとりを抱きしめた。絡む視線は私から逸らした。環の足音がちょっとずつ大きくなっていくにつれて、今だ、今、と何度も頭の中で叫ぶのに、声が出なかった。

唇を噛《か》む。目をつぶる。

そしてゆっくりと顔を上げた先に、美しいその人がいた。

ずっと想ってた、ずっと欲しかった、ずっと会いたかった、

――ずっと好きだった。

だからもう、許してください。

「……全然、止まってって言わねえじゃん」

優しすぎる環の声に、目頭が熱くなって、自分じゃ止まらなかった。

「すず」

愛《いと》しそうに、名前を呼ばないで欲しい。

今までの、下手くそで、でも精一杯積み重ねて作り上げた壁が、一瞬で崩れ去ってしまう。

名前を呼ばれて、髪を撫でられて、そっと引き寄せられた。包まれる香りに、わけも分からないまま久しぶりに涙を流した。

環、
震える声で名前を呼べば、「うん、大好き」と返事にもなってない告白が返ってくる。でも耳に届いた瞬間、私が欲しかったのはこれだったんだって、強く実感した。

「やっと泣いたな」

「っ」

「我慢強すぎて、拍手するわ。でももうちょっと、すずは甘えた方がいいと思う」

「知らない、っ、そんなの、分からない」

ギュッと環の服を掴《つか》む。次から次へと流れていく涙にはなを啜《すす》れば、それに蓋《ふた》をするように環が肩口に私の顔をくっつけてくれた。

染み込む涙に申し訳ないと思ってしまうけど、ぽんぽんと撫でる手が何でも許してくれるから、彼の言うように私はやっと、甘えられる気がした。

「だって私にとってはずっとこれが普通だった」

「……うん」

「でも環にとっては突然だったでしょ？　何も知らなくて、なのに急にこんな重くて面倒くさいこと言われたって迷惑なだけでしょ？」

「そんなことない」

「そうやって言ってくれると思ったからずっと言えなかった。私は、私のせいで、環に何かを背負わせるのがいやだったの、余計な重荷を感じさせることがいやだったの」

「……すず」

「……普通がよかった」

一度口に出してしまうと、ぽろぽろと剝《は》がれ落ちていくように止まらくなってしまった。こんなこと誰にも言ったことがない、お母さんにも悲しませてしまうと思って言ったことはない。

だって嘆いたって無駄じゃないか。

既に生まれて、ここまで生きてしまっている。

諦めて全てを受け入れた方が、生きていくのが楽だったから。

「……ただの普通の女の子がよかった……」

なのにどうしてか、今夜は心にずっとあった叫びが、溢《あふ》れて止まらなかった。

「なんで私だけ、……どうして私なの？」

「…………」

「私、なにも悪いことしてないよ。みんなと同じように生まれてきただけだよ。なのにどうしてみんなと違うの？　どうしてこんなに我慢して生きてかなきゃいけないの？　なんで好きなこと、好きなもの、好きな人、諦めなくちゃいけなかったの？」

「…………」

「生まれてこなきゃよかったって、何度も思ったよ。死にたいって思ったことも何度もあるよ。眠ったまま死んでしまったらどうしようって怖かったけど、同じくらい」

「…………」

「……、同じくらい、今日と同じ苦しい一日が始まるなら、朝なんて二度と来なくていいと思ってた」

夜に眠り、朝に起きる。

人として幸せな人生を生きるために、当たり前の生活が必要不可欠なら、私はそんなのいらない。

普通が当たり前のことだって、幸せに生きている人達を見てるのが辛《つら》い。

だから私は夜に逃げ込んだ。

もう手遅れなくらい傷ついてる心がこれ以上壊れないように。私なりの、私自身の、守り方だった。

「夜さえあればいいって思ってた。他の人の普通と私の普通のあまりの差に絶望するくらいなら、二度と明るい時間なんてなくていいって思ってた、……なのに出会ったから、環と出会ったから、私は少し欲張りになっちゃった、環と、朝も一緒にいたいって、生きていきたいって願いが生まれてしまった……」

「……すず」

「環のせい、……ううん、環のおかげ……」

「…………」

「分からない、……言い方を変えてもちっともしっくりこない……、でも環は私の中でずっと、環だったの、環の代わりなんか誰もいないくらい、宝物みたいな人だったの」

「…………」

「今一番怖いことは、心を全部許したあとに環が私の目の前からいなくなっちゃうこと……色々、重すぎて耐えられなくていなくなっちゃうこと……、私はそれが死ぬよりも怖い」

「…………」

「だから一緒にいるの、こわい。私からは頑張って突き放したよ、なのにどうして今もここにいるの？……私は、もう、無理だよ」

「………」

「だから、環から放してよ、おねがい……」

好きな人に、泣きながら懇願することが、こんなことなんて。

私の人生、どこまでも底辺で、いっそ清々《すがすが》しいくらいだ。

十分、最後に会えただけでも十分、そうやって言い聞かせてるのに。

「……、口だけだったら、なんとでも言えよ」

強く抱きしめられながら、耳に埋め込まれる低い声に、全身が震えた。

「俺がここにいる時点で、すず、全部分かってるくせに。それなのに、そうやって俺に投げるの、さすがに俺のこと舐《な》めすぎなんだよ」

いつもいつも先回りして欲しい言葉以上のものをくれる、この人には死んでも敵《かな》わない。

「俺、もう死ぬほど泣いたよ。すずの心臓が弱い事を知って、男のくせに夜な夜な泣いてた。もっと早く知ってれば無理させなかったのに、とか、知らねえうちに傷つくこと言ってなかったかな、とか、後悔しては泣いたし、知った上でどうやってすずと接していいのかも分からなくて、情けなくて泣いたし、病気のこと知れば知るほど怖くて泣いたし、振られてショックすぎて泣いたし」

「……っ」

「もっと知りたいと思って、俺の知らなかったすずのこと全部知りたいと思って。会えなかった期間、すずのこと思い出さない日なんかなかった。一日中、すずのこと考えてた、朝も昼も夜も、ずっと」

「……、たまき」

「一度も好きが減ったことなんかない。俺は初めて会ったその時から、すずのことを考えるだけで幸せな気持ちになれる。すずが嫌がったとしても、こんな風に会いに来る。突き放されても何度でも。……だから、ずっと一緒にいたい」

「……ぅ、」

「もう泣かない。俺の代わりにすずが泣いてよ。今まで我慢した分、たくさん泣けばいいよ、全部受け止めるから」

涙でぐしゃぐしゃの顔を、環が愛しそうに撫《な》でる。何度も何度も、涙が溢れて止まらないのに諦《あきら》めずに拭《ぬぐ》って、伝う痕《あと》に優しく口付けて、濡《ぬ》れた宝石みたいな瞳《ひとみ》で私を覗《のぞ》き込んだ。環の薄い唇が動くのを歪《ゆが》む視界の中でずっと見つめていた。

ありったけの愛がこもった声で、私を捕まえて放さない。

「すず。生きたいと願うことも、好きな人と一緒にいたいと思うことも当たり前だよ。

なにより、すずがいちばん願っていいことなんだよ」

「……たま、き」

「――……だから、俺と一緒に、生きて」

その言葉と、その声の形を、永遠に忘れない。

あなたは、私にとっての、光だった。

返事なんかできる状態じゃなかった。涙が喉《のど》に蓋《ふた》をして声を奪う。でも私の気持ちなんてそれで十分伝わったと思う。

久しぶりに子どもみたいに大泣きして、しゃっくりも止まらなくて苦しかったけど、環の優しい手が、私が落ち着くまでの長い時間、ずっと背中を撫でていてくれた。

最後には環の上着がびしょびしょになってしまって、鼻をグズグズさせながら、ごめん、と謝った。私の不細工な泣き顔を見て笑いながら、涙を拭《ふ》いてくれる。

「可愛い」

「……どこ見てるの、目ついてるの」

「赤ちゃんみたいだな」

「知らない、きらい」

「ん？」

「…………、だいすき」

「うん、俺も大好き」

「大好き、環」

「……俺も」

「一緒にいれて嬉《うれ》しい」

ぱたぱたと涙を零《こぼ》しながら精一杯伝えれば、一瞬言葉を失った環が突然涙を流し始めた。びっくりする私に「いや、泣かないって言ってたの撤回する。こんなの無理だわ」と、はなをするから、思わず涙が引っ込んだ。この人、全く変わってない。

でも変わらない環が嬉しかった。

私達はやっと、前とは少し新しいけれど、元に戻れた気がする。

普通に、純粋に、好きだと言い合っていた、あの夜に。

簡易ベッドはお母さんのために作ったものだから、俺は寝ない、床で寝る、と言い張る環に仕方なく一緒に寝よ、と誘ってみる。

「さすがに病院のベッドという神聖な場所でそんなことできない」

「一緒に寝転ぶだけだよ……。今冬だし床は寒いよ、風邪ひいたらどうするの」

「じゃあもう寝ない」

「……来ないとナースコール鳴らすよ」

「………………」

お邪魔します、と私よりも顔を真っ赤にさせていそいそ近づいてくるから、緊張よりも先に笑ってしまった。やっぱり二人で寝そべるベッドは狭かったけど、温《ぬく》もりがそれ以上に心を満たしてくれて幸せだった。

何も言わずに擦り寄ると、少し迷った気配を出しながらも、環の腕が頭の下に潜り込んで、そのまま私を抱き寄せてくれた。寝巻き越しに感じる環の温度が、冷たすぎる私の手足を緩やかに温めてくれる。

「やっぱり環はあったかい」

「相変わらず、すずはちっこくて柔らかい」

「……たくさんたくさん、ありがとう」

「……うん、こちらこそ」

「これからも、よろしく、……と、言ってもいい？」

「うん。不束者《ふつつかもの》ですが、末永くよろしく」

密になったふたりの世界で、美しい光を放つ瞳と視線が合わさる。それがまるで自然で当然のことかのように、顔を近づけて唇を重ね合った。

あまりに柔らかく溶けそうな感触に同じことを思ったんじゃないかな。それは確かに、誓いのようだと。

だって目を見開いた先に、無邪気に私を映す瞳があったので、笑いあって、またキスをした。

当たり前のように交わしあった夜の狭間《はざま》の約束が、これから先の生きていく力に変わっていく。

何もかもが上手《うま》くいく未来なんてまだ見えない。私の心臓が、私の命が、環の生きていく時間についていける約束もあげられない。

でも、一緒に生きようと言ってくれたから。

私はもう何も諦めない。放さない。

今夜生まれたこの愛おしい記憶を抱きしめて、これからも生きていく。

心地よい寝息をたてる環を見つめてから、そっとその胸に擦り寄る。耳を当てると聞こえてくる命の灯火《ともしび》。どくどく、と、血が巡る音。

私のものと同じで、私のものと呼応して、伝えてくれた気がした。

〝生きろ〟、と。

★☾ ･ ✩

——眩《まぶ》しさで目が覚めた。

数ヶ月前までの私だったら、この眩しさが眠る合図だった。

微《かす》かに聞こえる鳥の声、カーテンを揺らす心地よい風。

一面白い世界に、優しい陽の光が入り込む。しばらくぼーっと視線をさ迷わせて隣を向くと、思わず頬が上がってしまった。

昨夜見たのと同じように、環の寝顔がそこにあった。相変わらず健やかであどけなくて、可愛らしい。明るい時間帯に見ることで、心が柔らかな毛布に包まれたような愛しい気持ちで溢《あふ》れかえる。

一日の始まりに、あなたの隣で目覚められる幸せを。

敬愛、友愛、親愛、最愛、
様々な愛を込めて、環の髪の毛をそっと撫でて、こめかみあたりにキスを落とす。

すると私の重すぎる愛が伝わったのか、少しだけ声を出しながら、環が目を開けた。

まだ何も分かってないようで、うろうろと瞳を揺らしながらやっと私を見たあと、

「すず？」と確かめるように呼んでくる。

その様子が可愛くて思わず笑いながら、口に出そうとした言葉に、あ、と気づいた。

そういえば、まだ、環に言ったことなかったな、と。

「おはよう、環」

口に出した瞬間、その奇跡が散らばり世界がまばゆく輝いて見えた。

ただ眠たいだけなのかもしれない、でもまるで私と同じように感じてくれたのか、

眩しさで目を細めた環が、とても優しく穏やかに、大切な挨拶《あいさつ》を返してくれる。
「おはよう、すず」
在り来りな言葉が、今の私の全てを表していた。
この愛おしい朝にのせて、大切に紡いでいきたい。
〝あなたがいるから生きていける〟
朝起きて、君に会って、
光に溢れた新しい一日が、始まっていく。

本書は、魔法のiらんど大賞2022小説大賞〈恋愛文芸部門　部門賞〉受賞作を加筆修正のうえ、書籍化したものです。

朝《あさ》起《お》きて、君《きみ》に会《あ》えたら

映瑠《はる》

令和5年 11月25日　初版発行

発行者●山下直久

発行●株式会社KADOKAWA
〒102-8177　東京都千代田区富士見2-13-3
電話　0570-002-301(ナビダイヤル)

角川文庫 23893

印刷所●株式会社暁印刷
製本所●本間製本株式会社

表紙画●和田三造

ISBN 978-4-04-114095-6　C0193

◇◇◇

角川文庫発刊に際して

角川源義

第二次世界大戦の敗北は、軍事力の敗北であった以上に、私たちの若い文化力の敗退であった。私たちの文化が戦争に対して如何に無力であり、単なるあだ花に過ぎなかったかを、私たちは身を以て体験し痛感した。西洋近代文化の摂取にとって、明治以後八十年の歳月は決して短かすぎたとは言えない。にもかかわらず、近代文化の伝統を確立し、自由な批判と柔軟な良識に富む文化層として自らを形成することに私たちは失敗して来た。そしてこれは、各層への文化の普及滲透を任務とする出版人の責任でもあった。

一九四五年以来、私たちは再び振出しに戻り、第一歩から踏み出すことを余儀なくされた。これは大きな不幸ではあるが、反面、これまでの混沌・未熟・歪曲の中にあった我が国の文化に秩序と確たる基礎を齎らすためには絶好の機会でもある。角川書店は、このような祖国の文化的危機にあたり、微力をも顧みず再建の礎石たるべき抱負と決意とをもって出発したが、ここに創立以来の念願を果すべく角川文庫を発刊する。これまで刊行されたあらゆる全集叢書文庫類の長所と短所とを検討し、古今東西の不朽の典籍を、良心的編集のもとに、廉価に、そして書架にふさわしい美本として、多くのひとびとに提供しようとする。しかし私たちは徒らに百科全書的な知識のジレッタントを作ることを目的とせず、あくまで祖国の文化に秩序と再建への道を示し、この文庫を角川書店の栄ある事業として、今後永久に継続発展せしめ、学芸と教養との殿堂として大成せんことを期したい。多くの読書子の愛情ある忠言と支持とによって、この希望と抱負とを完遂せしめられんことを願う。

一九四九年五月三日